U0738664

大清外交官

THE DIPLOMAT OF THE QING DYNASTY

迷雾之城

THE CASTLE OF FOG

劲行 著

新星出版社 NEW STAR PRESS

你回来了，我的悲伤也就消散
就让我忘记，你已漂泊很久
就让我相信，你仍然爱着我
就像很久，很久以前

——英格兰民歌《很久很久以前》

目录

序幕
加尔各答的幽灵

　　梵 (Brahma)，这个梦幻游戏的主宰者。天地万物生死轮回都在他的梦境里，世界和宇宙都在他的梦境里，你我也是他梦中的幻象——咖喱饭摊、我、加尔各答、整个世界，我们的灵魂就这样被梵所关注着、守望着。

传说在加尔各答的港口，时常有幽灵在来往的船只附近潜伏，伺机登上开往世界各地的轮船。其中有一个幽灵，每到夜幕降临时，就坐在码头附近的岸边徘徊、眺望。她要去英格兰找一个人，一个英国男人，一个在加尔各答英属东印度公司的青年军官。幽灵生前是一位土邦公主。一个星月之夜，她外出偶然碰到了他，他们一见钟情，不久公主就带着这位英国人来到土邦拜见她的父亲，谁知夜里殖民者的军队不期而至，他们在征服的过程中进行了血腥屠杀，土邦家族遭到了灭顶之灾。幸免于难的公主看见了她的心上人和那些征服者在一起，才明白原来爱情是一个阴谋。满腔愤恨的公主追踪着他们的足迹来到英军的大本营，她要报复，要让这个男人生生世世不得安宁，但他却施计甩开她，登上了返回英国的轮船。看着远离的船只，绝望的她跳海自杀变成了鬼魂，日日夜夜潜伏在加尔各答港，等待机会登上去英国的船只，找到他，让他受到应有的惩罚。

序
幕
加
尔
各
答
的
幽
灵

"不过，这个传说已有一百多年了，谁也不知道这个幽灵到了英国没有。陆先生是不是觉得这故事有些悲凉？"贝克牧师站在船头微笑着说。

此时是 1892 年 4 月的一个黄昏，加尔各答。

玛丽公主号停泊在港口，准备启航驶向英格兰。陆云起看着港口熙熙攘攘的人群若有所思。他忽然有点想家，自三月底从上海登上这艘船，家人的信息全无。

"你怎么不说话了？"贝克牧师问。

"哦，没什么，我在想加尔各答港真的有幽灵吗？他们为什么想去世界各地？他们又躲在船的哪个角落？如果你说的故事是真的，或许那个幽灵已登上我们的船，我们这艘船不是开往英格兰吗？"陆云起笑着说。

"我倒希望她能登上我们的船，希望看看这美丽的幽灵是什么样的。"

"美丽的幽灵？这都是人们一厢情愿的幻想吧？"陆云起摇摇头。

天色就渐渐暗了，星光在夜空中静静闪烁着。忽然，船身动了，紧接着汽笛鸣叫起来。邮轮终于启航了，载着几千旅客向着茫茫的印度洋深处驶去。

不一会儿，这位中午刚登船的英国牧师贝克先生有了晕船的反应，便告辞返回了船舱，只剩下年轻的中国外交官独自留在甲板上。陆云起此次受朝廷之命出使英国，任务很重，他不得不一个人呆在甲板上思考一些棘手的问题。

海上不知道什么时候起了风浪，船身摇晃得厉害，淡淡的水汽将星空模糊了，他决定回舱。忽然，他看见一个年轻的印度女子披着红色纱丽，沿着摇晃厉害的船舷向他走来。舷外波涛汹涌，随时会将人吞没。

"喂！"他喊了一声，想提醒她注意点，但一个巨浪向船身扑来，水雾弥漫了整个甲板，那女孩给巨浪卷走了。

"有人落水了！"他大声呼喊着，冲到了船舷，可船舷外除了层层叠叠的波涛，什么都看不着。

听见他的呼救声，附近一位水手赶紧跑了过来扯住他的衣服说："先生，危险，赶快回去吧！"

"我看见一个女孩落到海里去了。"

"不可能，我一直在这附近，除了你，没有第二个人。"

"可我明明看见了！"

"不可能！如果你看见了什么，那只会是幽灵……"

第一章
康沃尔的圣菲尔堡

　　康沃尔，亚瑟王的故乡。那里有着许多废弃的城堡。当寂静的月夜走过那些城堡，你是否会听见寂寞的灵魂在唱歌？那些繁华岁月，那些传奇与爱散落在废墟里，永远不再回来。

1
初遇

一个月后，英格兰的康沃尔。

陆云起到达圣菲尔堡时已是黄昏，雄伟的哥特式建筑显得有些落寞。后来他一直记得初到圣菲尔堡的感觉，那些气息似曾相识，忽然的激动，让人心绪难平。很多人都会有类似的感觉：来到一个陌生的地方，却有着记忆里的熟悉，想不起是在何处见过。

难道是庄园的主人罗伯特·琼斯伯爵，这位耶鲁大学读书的同窗好友曾跟他详细描述过？还没来得及在记忆中仔细搜寻，马车已绕过喷水池和水中长着翅膀的小丘比特，稳稳地停在了大理石台阶前。

几个衣着考究的仆人迅速过来将马车门打开，带着他和他的随行仆从小松从石筑的台阶走上去，再进入前厅。前厅有两层楼高，大理石地面呈黑白格纹，四周如同罗马中庭般立着几座雕像。再往里走就来到了大厅。与恢宏冷峻的前厅相比，大厅杂糅了黄金与大理石，露出温暖的色调。

陆云起在沙发里坐好，女仆端上茶便退隐到黑暗的角落里。天色渐渐暗了下来，窗外能听见成群的归鸟鸣叫。随着太阳沉入了树林的深处，大厅也变得昏暗了。没有人来安排他们下一步做什么，只好在此静静等候。

罗伯特·琼斯在非洲旅行，现在在回英国的路上，过几天才能到圣菲尔堡，他在电报里说他一切都安排好了，他的未婚妻海伦会在圣菲尔堡亲自接待他，但他什么人都没见到。陆云起觉得被漠视了，想起去年罗伯特来中国考察访问，他是怎样盛情款待他的啊，想到这些他就有些难过。

二十分钟过去了，大厅里已是一片漆黑，还是没有人过来招待他们，只有那位年老的女仆蹒跚着走过来，将一盏微弱的灯点亮。

"对不起，太太，请问我们就一直坐在这儿吗？"陆云起忍不住问。

"泰勒夫人有点事，她一会儿就到。"女仆说完，又一次站到了黑暗里。昏暗的灯光照着她皱纹密布的脸，让人感到暮色的气息。大厅阴森森的，墙上的一些油画似乎变成了鬼影，浮在四周。

"老爷，这里感觉好吓人啊！"仆人小松说。

小松穿着中式的短褂，一脸茫然。因为外国人总是好奇他们头上的辫子，所以他戴了帽子将辫子藏在里面。小松的母亲曾带他在香港的英国人家里做过很长时间的帮佣，练了一口流利的英语，所以在众多的家丁中，陆云起带上他做随行仆人。

"别胡说，只是天黑了而已！"其实陆云起心里也不踏实，一只惊鸟尖叫着从窗前飞过，让人的心也忽地惊跳了一下。他忍不住站起来，走到落地大玻璃窗前张望。远处的树林里有点点的灯光在闪烁，近处的门卫则像雕塑般立在台阶旁一动不动，让人怀疑他们到底是不是活的。

"陆先生!"一个女人的声音由远而近传了过来,让思绪正在别处的陆云起心颤了一下。一个穿着黑色长裙的中年女人面无表情地站在他的身后。她什么时候过来的他一点不知道,再看看坐在沙发上的小松,也是一脸愕然。

"您……您是……泰勒夫人吧?"陆云起赶紧问。

泰勒夫人点了点头,继续说道:"陆先生请坐。"

"罗丝,把灯都打开!"黑暗中立着的仆人赶紧跑了过去将大灯打开。灯光立刻将四周照耀得光彩四溢,奢华非凡。

这位泰勒夫人是圣菲尔堡的后勤总管。在美国读书期间,罗伯特常常对他提起她。十四岁她从爱尔兰来到圣菲尔堡做女仆,十七岁嫁给了圣菲尔堡的年轻管家泰勒。半个多世纪以来,她几乎见证了琼斯家的一切。三十年前,泰勒先生死于一次意外,泰勒夫人以后就没再婚。在缺少女主人的圣菲尔堡,她就是半个女主人。

泰勒夫人不苟言笑,即使见到重要的客人也只是礼貌地点下头。在与陆云起寒暄几句后说,圣菲尔堡生活上的事都可以找她,并请他们俩去看看房间。从精致豪华的楼梯上到了二楼,向左的第五个门就是他们的房间了。

"罗伯特吩咐过,让你们住这个房间。这个房间往外看,就是玫瑰园了。还有,海伦小姐将在明天赶过来接待二位。"

"哦,谢谢罗伯特,也多谢泰勒夫人。"

"不客气,二位先休息,约翰会将你们的行李送上来,晚餐我会安排仆人稍会儿送到房间。"

泰勒夫人安排完一切就告退了。

不一会儿晚餐送来了。吃过晚餐,主仆之间聊了会儿天。也许是旅途太劳累了,陆云起渐渐感到有一股浓浓的睡意袭来,就早早上床了。奇怪的是,躺在床上后反而睡不着,他辗转反侧了许久,勾起了许多心事。

英格兰的夏天不仅天黑得晚，而且黑得不彻底，就算是深夜仍有一丝若有若无的微光。后花园的花香随着微风四处游荡。远处有人在唱歌，歌声随着夜风飘了进来。

陆云起似乎听到了物品坠落的声音，便猛地坐起来，警觉地望了望四周。自从船离开加尔各答港后，他常在夜里被一些声音惊动，整夜难以入眠。一星期前从南安普敦港到岸后，住在伦敦的中国公使馆，情况才有所好转，但今夜似乎又故疾重犯。贝克先生说他是因为焦虑症引起的精神过敏，但他的确听见门外有窸窸窣窣的声音。有人在徘徊，来来回回，由远而近，由近而远。

是谁？

他披上衣服把房门打开了，黑暗中听见一串杂乱的脚步声，还真的有人，但瞬息走廊里又恢复了安静。他转身想回去，脚步声又起了。似乎是一个女人，而且就在楼梯的拐角处。他走了过去，什么也没发现，只有一尊武士的盔甲立在那儿。陆云起伸手将它的头盔拿开，里边空空如也。

脚步声又起了，有人在上楼梯。阵阵高跟鞋的敲击声，像是敲进人的内心，让人诚惶诚恐。他跟了上去，在三楼楼梯口看见了一个女人的背影，长长的裙裾轻轻一摆，就消失在了一扇门后。他走过去将门推开，看见几个一人多高的书柜，窗边上有张书桌，桌上摆了一本书，是中文版的《资治通鉴》。书桌背后的墙上挂了张油画肖像。窗外的月光正投照画像上，画中的男人一身戎装，神情凝重地注视着他。

忽然，他隐约听见了一个声音说："你回来了……"

这声音忽远忽近，仿佛来自天堂，又似乎来自地狱。他感到胸口一击，颤抖得不能自持。不知是因为害怕还是惊诧，他的身心都凝固了。许久之后，他才渐渐缓过气来，鼓足勇气转过身。一位棕发的欧洲女人，站在不远处，缓缓地向他伸出了手。

"啊……"他止不住大叫起来。

"老爷你怎么啦？"他睁开眼睛，天已大亮，小松正在一旁关切地问。

原来只是梦一场，内衣都湿透了。他起身换了衣服，简单洗漱了后，门外就响起了敲门声。一个气势轩然、极具绅士风度的老先生微笑着站在门口："陆先生，您好！"

"您好，请问您是……"陆云起迷惑地看着他。

"哦，我是圣菲尔堡的管家史密斯。"老先生回答。

"原来是史密斯先生，幸会幸会！"陆云起赶紧邀请他到屋内坐坐。

"不打扰您休息了，本来琼斯先生交代了，要我好好接待您，但是昨天下午去镇上有事耽搁了，很晚才回来。听说对陆先生招待有所不周，所以特来致歉！"史密斯先生说。

"哪有不周？你们太客气了！"陆云起说。

"海伦小姐已经来了，说等你一起吃早餐，稍后我们带您参观圣菲尔堡。"

"好的，您稍等会儿！"

"我们在楼下等您！"史密斯先生说着便告退了。

"和女士进早餐，那我得赶紧准备准备！"陆云起说着便吩咐小松将他的行李箱提了过来。

行李箱里有陆云起准备的在各种不同场合穿的衣服，有礼服也有常服，有唐装也有西装。

"你说我今天穿唐装好，还是西装好？"陆云起问。

"老爷身架子好，穿什么都好看。"小松俏皮地说。

"你这小鬼！"陆云起瞪了他一眼便不再说了，自顾自地试穿了几件。

小松说的也是实话，陆云起确实是一个帅哥，挺拔的身姿，细长的眼睛和方方正正的脸形，加上小时候习武和在美国读书时热爱棒球所锻炼出的身子骨，他有着那个时代中国官员难得的健康气息。

他决定穿唐装去见海伦，因为他觉得穿了西装，辫子就显得特别别扭，戴个帽子藏着也不是很方便，不如穿唐装，自在又大方。

2

画像

虽然知道陆云起是从东方来的，看见他穿着唐装拖着辫子走过来，她还是不大不小地吃了一惊。短暂的惊讶后，她忍不住笑了起来。她笑起来非常美丽，灰蓝色的眼睛像清澈的泉水。

"海伦！"陆云起马上叫出了她的名字。罗伯特当年曾无数次提及这位与他青梅竹马的美丽女孩。

海伦望了陆云起一眼，轻轻笑着说："威廉，你好！想必罗伯特早就将我们彼此介绍过了。"海伦亲切地叫唤着他的英文名字。

"是啊，我记得在耶鲁时罗伯特经常提起你，你那时不过是一个十多岁的小女孩。他说你是一个美丽又调皮的女孩，只是没有想到转眼间就长大了。"

"谢谢，您也如传说的那般英俊！"

他们边聊着边吃早餐。用完早餐以后，海伦和史密斯先生便带他们参观圣菲尔德堡。

海伦属于那种典型的受过良好教育的贵族女孩，高挑的个子，金色的头发，湛蓝的眼睛中透露着智慧，年龄不大却有着得体的举止和风度。在参观的过程中，她一直在充当解说员。

圣菲尔堡建于都铎王朝时代。琼斯家族的辉煌历史开始于爱德华六世，因为祖先在对苏格兰战争中显赫的战功，国王陛下把这片庄园赏赐给了琼斯家族。他们的后代在对东方的征服和贸易中获得了大量的财富，奠定了家族庞大而又殷实的基础。历代的不断修缮和扩建，终于在18世纪后半叶成就了今天的气派和规模。

现在的圣菲尔堡可以说是远近闻名的建筑，不仅是它外表的气派，更是内在的文化气息。

琼斯家族从世界各地搜集来的珍品也为它增色不少。这些珍品大多数陈列在位于城堡一层左翼的长廊。它的装饰风格属于19世纪初"印度"和"印度—哥特"式。长廊里挂满了琼斯家族各位先祖的油画肖像、名家绘画作品。展品包括瓷器、象牙、饰有珠宝的水烟袋等。装饰用的木雕和彩绘天花板均出自安东尼奥·维尼罗之手。海伦对于这些藏品一一说来，看得出她对艺术品的鉴赏颇有造诣，不愧是圣菲尔堡的女主人。

当他们一行从二楼上到三楼的楼梯拐角处时，陆云起看见了摆在那儿的一尊盔甲，不由暗暗吃惊，再往上走感觉更是似曾相识。

"昨夜我们来过这里！"陆云起用中文悄悄地跟小松说，"这些洛可可装饰风格的楼梯扶手，我还摸过。"

"是吗？什么时候？在我印象中你昨晚很早就睡了，没再出去过，也不可能上楼。"小松用诧异的眼光看着陆云起。

"在梦中！"陆云起带有一丝迷惑地说。

"哦，我明白，我在梦中还到过澳大利亚！"小松嘲笑他。

他们到了楼上，海伦回过头来说："威廉，你们在聊什么，我带你们看看圣菲尔堡的藏书室。"

陆云起答应着加快了步伐。走到那扇柚木材质带有印度风格的雕花装饰双开门前时，他的那种感觉愈发强烈了。

"昨夜我真的来过，我看见了这些画。"陆云起看到墙上的那些油画说,"油画对面窗台边有一个大书桌,桌上摆了一本中文版的《资治通鉴》。"

"老爷,我不怀疑你梦中来过此地,琼斯先生应该在十年前就向你描述过他的家,不仅包括这幅画像,还包括史密斯先生和海伦小姐。"小松说。

陆云起摇了摇头,未置可否。

"这是我们圣菲尔堡的藏书室,有几十万册藏书。"海伦介绍道。

陆云起往窗台边的书桌走去,拿起了《资治通鉴》。

"琼斯先生对中国史很感兴趣,多年以来他一直在学习中文。"史密斯先生说。

"那个画像中的人是谁?"陆云起指着画像问。

"安吉尔·琼斯,我们大不列颠伟大的开拓者和探险家。"史密斯先生回答。

"他气质很特别!"陆云起说。

"是的,他是一个为理想而活的人!"史密斯先生说。

"他后来怎么样了?"陆云起问。

"不知道,他是个悲剧性的人物,去了东方再也没有回来过。一百多年了,谁也不知道他的下落。"史密斯先生说。

"为什么?他有着什么样的故事?"陆云起非常好奇。

"关于安吉尔·琼斯的话题在圣菲尔堡是个禁忌,我们还是不要谈为好!"海伦插话了。

"哦……"陆云起不方便再问,只好聊别的话题去了。

他虽然不再问,但迷惑却藏在了心里,甚至在参观别的地方时有些心不在焉。午后休息时,他仍然辗转反侧地想着昨晚的事。

"难道遇上了鬼魂?或者我在梦游?"他自问道。窗外,阳光灿烂,一切都显得生机勃勃,他忽然觉得很可笑。

英格兰乡下的天气虽也多雾,却没伦敦那么浓密,午后便消散殆尽了。下午的温度渐渐高了,陆云起脱掉马褂换上一套白色轻便西装,再戴上了一顶遮阳礼帽,把辫子藏到了里边,轻松地走了出去。他决定好好和海伦再聊聊。

海伦在玫瑰园里见到陆云起这身装束时,又忍不住笑了起来。

"有什么不对吗,海伦?"陆云起有点不好意思地问。

"我觉得你总是让人很意外!"

"为什么?"

"因为我对你有点好奇。"

"就像我对安吉尔·琼斯那般好奇?"

听到安吉尔·琼斯的名字,海伦马上收起了笑脸说:"我说过不要再提起安吉尔,这是禁忌你知道吗?"

"哦,对不起,但我只是想知道……"

没等陆云起把话说完,海伦就把他的话打断了:"你不必有歉意,这事在圣菲尔堡谁都不愿提起。威廉,不说这些了,我带你去别处看看吧!"

正是下午四五点,阳光已收敛了许多,树林里有不少的鸟儿在鸣叫。

"那片树林之外,会有你意想不到的风景。"海伦说。

"越过树林是一个海湾吗?"陆云起问。

"是啊。"

"海边有座灯塔,海湾的对面有个小教堂吧?"

"你怎么这么清楚?"

"我猜的。"

"什么猜的,罗伯特肯定向你描述过!"

"我似乎来过这里。"

"每个第一次来到这里的人都会这么说,因为这里就像每一个人的心灵故乡。"

美丽的风景稀释了重重的烦恼，只是天色渐晚，不方便再去教堂，他们参观了灯塔就往回走了。

刚走进树林，他觉得周围忽然安静了许多，鸟群都不知道到哪去了。灯塔方向传来一个女人若有若无的叫唤："安吉尔……"

回过头看见海岸正在涨潮，浪花激起的水雾在升腾，灯塔的身影模糊了。是幻听吗？又好像不是，他竖起耳朵四处搜寻着。

"安吉尔……"那声音又从海岸边传来，细似柔丝，转瞬即逝。

海伦走了很远才发现陆云起不在身旁，转回头寻找，却看见他若有所思地待立在那儿。

"威廉，你在那儿干什么？"海伦向他喊道。

陆云起这才猛地回过神来。一群鸟叫着从他的头顶飞了过去，嘈嘈杂杂的。

"哦，没什么，忽然想到了一个问题。"陆云起笑着说。

"什么问题？"海伦好奇地问。

"没什么，只是工作上的问题。"陆云起搪塞了过去。

再回头看海岸边，雾气已散了。

3
梦游

晚饭后，陆云起去找史密斯先生，到藏书室借了两本关于英国历史的书籍，回到房间却看不进去，便叫了小松过来聊一聊昨夜的梦。

"老爷，你昨晚是不是梦游了？我开始的确不相信，但看到那本《资治通鉴》才觉得有些奇怪，一到夜里老觉得这宅子里有点怪怪的，要么过几天我们回伦敦吧！"小松说。

"事还没开始办就回伦敦干嘛？真不懂事。"陆云起听完后颇为不快地打发小松先回房间了。

乡村的夜晚极为安静。他的思绪纷乱，来到英国已近半个月，还没有找到任何突破口，罗伯特的归期仍未确定。当然这里还有海伦，听罗伯特说海伦的父亲是多届政府的内阁成员，他想着明天不如先找海伦聊一聊这方面的问题。

不知何时，风又带来了阵阵夜莺的歌声，声音由远而近，像是有个女人在呼唤。是谁，究竟是谁，她呼唤的是谁？

他竖耳倾听，发现这个呼唤声就在门外。

他感到一阵惊慌，想躲起来。他不想让这样的情绪感染自己，但越是回避那声音越是无孔不入。

"安吉尔……安吉尔……"

安吉尔不就是琼斯家族里那位伟大的探险家吗？好奇心战胜了理智。他将门打开，环顾四周，空无一人，只有楼梯转角处的盔甲那空洞的双眼茫然地看着这一切。

他悄悄地走到三楼，果然有动静从藏书室里传出来。他脱下鞋子，悄悄走到充满印度风情的双开门前。他推开门，歌声停止了，月光透过玻璃窗照在安吉尔·琼斯的画像上。他与安吉尔对视着，又看看摆着《资治通鉴》的书桌，仿佛有一种记忆在隐约涌现。廊外消逝的歌声又起了，原来这歌声并不在藏书室内，而是在走廊里，于是他转身又走了出去。

他在高度紧张地搜寻歌声传来的方向。一阵风吹来把身后的小木门关上了，周围陷入了彻底的黑暗，他赶紧从口袋里找出火柴划燃。看见一座小楼梯，楼梯非常破旧。他顺着这木板小楼梯往上走，每走一步，楼梯都发出吱吱响，让人心惊胆战。走到一半火柴燃完了，周围又陷入了黑暗，他摸出火柴又划燃了一根。这时，他听见背后的门被人打开了。一个高个的男人一言不发地走了进来，顺着楼梯一步一步向前走着，步伐沉重，似乎心事重重。

"你好！"陆云起试图与他打招呼。

这个男人从他身边走了过去，火柴的光亮让他看清了这个人。苍白的脸色掩盖不住他的英气逼人，一身古典的戎装更显得他雄壮。

男人没有停下他的脚步，似乎这里根本不存在别人。火柴燃尽了，在黑暗中只能听见那人远去的脚步声。

忽然，他觉得自己有些多事了，深夜在人家家里转来转去，究竟是在干什么？但就在他想退回去的时候，黑暗中传来了沉重的怒吼，并伴随着女人痛苦的尖叫，让人不由感到阵阵恐惧。但好奇心终究战胜了恐惧，他想去看个究竟，便又划燃了一根火柴走上了楼。到了楼上，看见月色透过圆形的窗玻璃照在了走道上，几尊盔甲无言地立在走道两旁，青石的墙上悬挂着兵器。

有一道房门开着，里边传来男人低沉的哭泣，而女人的声音消失了。他慢慢摸索着走到了门口，看到了惊人的一幕。那个男人将女人杀了，鲜血流了一地，刀子还在那女人的胸口上。但她还没有断气，双眼茫然地望着前方，没有惊恐，也没有愤怒，有的只是绝望。棕色的长发凌乱地披散，残酷的景象映衬着她如花般娇艳的面容，让所有见到她的人都为之动容。

她看见了陆云起，无力地将手伸向了他。记忆在这一瞬间被唤起，她不就是梦中出现的女人吗？难道还是在梦中？

"不要……"他大声喊道。

那男人停止了哭泣，将短刀抽了出来，喷射出的血溅到了他的身上，女人无力地倒下了。

男人转过身，拿着刀子走向了他。他夺路而逃，冲到三楼楼梯口时，一脚踏空从楼梯上摔了下去。他撞上了青铜盔甲，在黑暗中发出巨大的撞击声。

他在走廊的羊毛地毯上躺着，已失去了站立起来的力气。不一会儿走廊的灯亮了，有人走了过来，朦胧中他看见了泰勒太太、史密斯先生、小松，还有许多人。

小松走过去将他扶起，急切地问："老爷，你又怎么啦？"

"那边，那边有人被杀害了……"他喘着气说。

"什么，哪里杀人了？"泰勒太太一脸不满地问。

"在那上面，有个女人被一个男人杀了！"陆云起伸出手指着楼上。他的手在流血，身上的血迹依然存留，他看看周围惊愕和麻木的人们，便愤怒地大叫："你们不知道吗？有人被杀死了！"

"陆先生，我想你是遇上鬼了吧？楼上根本没住人，自老琼斯伯爵去世后，便很少有人住在那儿，只有琼斯伯爵回家时偶然住会儿。至于你所说的木门上的小塔楼，更是很久没人住了。门一直是锁着的，你怎么能进得去？"泰勒太太说。

"不可能，我明明看见的，你看这血……"他指着衣服上的血迹。

史密斯先生走了过来握住他的手说："陆先生，刚才你撞到那些青铜盔甲上，手划破了，是你自己的血，不是别人的血！"

"不是，为什么你们不相信……"他甩开史密斯先生的手，往楼上冲，众人跟着上去。走到木门前，却发现木门紧锁着，锁上落了厚厚的一层灰，似乎很久没人开启过。人们都迷惑地看着陆云起。

"怎么会这样？"他自言自语地转过身。

"我还要问您深更半夜在干什么呢？"泰勒太太毫不客气地说。

小松赶紧走了过去扶住陆云起说："不好意思，我的主人患有梦游症，大家不要介意，回去休息吧！"

大家都叹了口气，各自回房间睡觉去了。陆云起没有办法，只能叹着气回到了房间。小松简单地处理一下他的伤口，找了一套干净衣衫给他换上。

"老爷，不早了，你先上床歇歇吧！"

"没事！"陆云起说，"我睡不着，你再陪我聊聊吧！"

"是的，老爷。"

"我真的没有梦游，但我的确有种感觉，我来过这里。真的，不是罗伯特跟我讲的，而是那种沉睡在内心深处的记忆。"

"不，老爷，在船上的时候贝克先生就跟我说过，要提防您半夜梦游……"

"不是梦游，我很清醒。"

"老爷，我有一种不祥的感觉，我看我们还是先回伦敦吧。等琼斯先生回来后我们再过来。"

"不行，我一定要弄清楚是怎么回事。"陆云起咬紧牙关说。

"但是老爷，有句话我不知道该不该说。"

"你说吧！"陆云起点头。

"我们这次来英国的任务关系重大，老爷千万别被这些装神弄鬼的事弄糊涂了！"

听到小松的一番话，陆云起平静了许多。是啊！这次来英国身负重任，怎么能陷入这些无聊的事情之中呢？

他点了点头，要小松先下去休息。独自安静下来，似乎又有很多事情要考虑，最重要的是罗伯特到底什么时候才能回来。

说起他和罗伯特的关系，那得回溯到很多年前了。

4
往事

作为第一批留美幼童中的一位，陆云起在美国呆了九年，从十岁到十九岁，贯穿整个成长的岁月。他从一个不谙世事的少年变成了学贯中西的青年。

如今回国也已有十一年了。这么多年来，美国的朋友大多已失去了联系，很多人就只存在于青春的记忆里，只有他和罗伯特·琼斯的联系从未曾断过。现在应该叫他琼斯伯爵，而当时他只是一位从英国来美国游学的贵族子弟。

与罗伯特的相遇是件很有意思的事。他显然是一个有好奇心的青年，在众多西方人的面孔中一眼就看到了陆云起，并不由自主地去摸他油光发亮的辫子，谁知陆云起早在数年之前就已将辫子剪掉，装在后面的不过是条假辫子，所以一摸就掉了。这条假辫子是为了应付前来送行的留学事务局的官员临时接上去的。

他们虽然是来自地球两端，素昧平生却一见如故。陆云起并没有在意那天掉辫子的事，他们成了无话不谈的好朋友。罗伯特出身名门望族，他们的家族历史至少可上溯到伊丽莎白时代。两百多年来，琼斯家族的成员多次在内阁中担任重要职务，比如工商大臣、外务大臣。当时罗伯特的父亲是上议院的副议长。

这个不到二十岁的少年眼中总泛着一丝忧伤，这种忧伤是这个年龄不应该有的。渐渐地，陆云起了解到罗伯特一直是在悲情和落寞的氛围中长大的。他未曾见过祖母，听父亲说，祖母在父亲还很年少的时候就去世了，而与父亲青梅竹马的母亲在罗伯特七岁那年，放弃好好的伯爵夫人不做，竟然跟一个爱尔兰人私奔了。

罗伯特的父亲无法接受这个现实。他无法理解深爱的人为什么会与那个粗鲁无知的爱尔兰仆人私奔。母亲出身于贵族家庭，却毫无上流社会的骄横奢侈之气。她气质优雅，行为端庄，堪称贤妻良母的典范。但事情的确发生了，父亲不仅极为伤心，更无法忍受罗伯特再重复自己孤寂、无助、没有母爱的童年生活。他多次派人去寻找罗伯特的母亲，每次都无功而返。有人说看见罗伯特的母亲跟那个爱尔兰人在美国的得克萨斯放牧，也有人说罗伯特的母亲出现在淘金热中的加利福尼亚，而且改嫁给了一个墨西哥淘金汉。每一次传来的消息都让人觉得不可思议，没人明白这是为什么。

母亲从此就成了回忆，永远定格在了十岁那年。虽然父亲以加倍的爱护来补偿母爱的空缺，但他对母亲的怀念从不曾淡去。

1879年，十八岁的罗伯特从伊顿公学毕业，他放弃了就读牛津大学的机会，来到了美国游学。他想一边读书，一边打听母亲的下落。

虽然罗伯特是一个金发碧眼的西方人，但初来乍到时远不及陆云起更为美国化。罗伯特讲的英语带有字正腔圆的英国贵族腔，而陆云起则带着满口美式俚语；罗伯特喜欢玩英式足球，陆云起却是棒球神投手；相对罗伯特的柔弱，除了东方面孔，陆云起一举一动都充满了新大陆蓬勃向上的气息。

罗伯特对这种粗放式的美国生活难以适应，他所受到的传统教育阻碍他融入这个大熔炉。有了陆云起在，他思乡的寂寞和困惑少了很多。当陆云起告别了耶鲁踏上回国之路时，罗伯特已完全摆脱岛国固有的苍白、阴郁，全身上下都已洋溢着新大陆的青春气息。

1881年，清廷突然决定撤离所有留美幼童，陆云起不得不中断耶鲁大学的学业。

陆云起童年的记忆在广东香山，成长的记忆却留在了美国。在那里，他第一次学会了自行车，第一次因为思念一个人而留下了眼泪，也第一次亲吻了他喜爱的女孩子……

那时他甚至想做一个叛逆者，永远留下来，但终究还是没有这个勇气，地球另一端的那片土地始终是他的国家，他注定是要回去的。他们在旧金山搭乘了"北京城号"轮船，于当年秋天抵达上海。去国十载犹如梦一场，祖国的一切都未曾变化，变化的却是自己。

如今美国留下的痕迹已渐渐褪去。十年来他忙于结婚生子，为朝廷效忠，当初要改造中国的豪情壮志都已沉入心底，只是到了深夜，忽然忆起少年时期的飞扬豪情，_丝丝激情才如潮水般涌来_。

他曾在海军服役，参与了中法马尾海战，后在李鸿章的大力提携下，二十五岁那年进入总理各国事务衙门，成为了职业外交官。

前年，他曾以中方代表的身份接待了来华访问的英国商务访问团，他的老同学罗伯特也是团员之一。罗伯特在耶鲁大学毕业后回到英国，父亲去世后继承了爵位并进入了政界。在来访的一个月里，陆云起极尽地主之谊，他们之间的友谊得到了进一步的加强。

19世纪70年代以来，中国海疆烽烟骤起，日本在明治维新以后加紧了对台湾的窥视。在1874年日本侵台事件发生后，台湾在中国战略中的地位日益显露，朝野上下一致建议加强在台湾的防备。清政府虽然早在19世纪60年代就开始兴建近代海军，至19世纪80年代，南、北两洋海军已渐成形，但整个东南海疆上的防务一直是个薄弱点。

于是，清政府逐渐改变了只设立两洋水师的想法，预想设立中洋水师。李鸿章认为加强东南海疆上的防务，则要在东南沿海建立以台湾为中心的东南海防线，敌人不论从广东的琼州、福建的金门、厦门、浙江的玉环岛、舢岛，还是江苏的崇明岛等方向入侵，清政府都能以台湾为中心作海防准备。因此，中洋水师的设立势在必行。

当时先进的船只能从国外购置。日本政府了解到清政府建立中洋水师的计划后，预料势必影响以后侵占台湾的企图，于是派出强大的游说团前往造船业最发达的国家——英国和德国，希望当事国不要支持清廷的巨额军购。

总理各国事务衙门了解陆云起与琼斯伯爵之间的特殊关系，便派他出使英国。临行前陆云起给罗伯特发了一封电报，很快得到了回复，大致意思是他会尽快从肯尼亚动身，一个月后返回圣菲尔堡。只是从他出发到现在，已过去一个月，他到达英国也有十多天了，还是不见罗伯特的影子。

5

阁楼

那天晚上的事就这么过去了。别人将他当成了梦游症患者，他自己也将信将疑，不过信总比不信好，谁也不愿意真的遇上鬼魂。

罗伯特发来电报说已到达普利茅斯港，很快就要到家。得到消息后，最高兴的莫过于海伦。这天清晨她和史密斯先生驾着马车去普利茅斯港接他，需要两天才能到圣菲尔堡。

为了迎接罗伯特，圣菲尔堡上上下下都忙开了，闲着没什么事的陆云起只好去藏书室看书。

这天是个阳光灿烂的日子，阳光温柔地投射在书桌前，《资治通鉴》依然摆在桌上，仆人说这是罗伯特常读的书，只能摆在桌上。坐在桌前，他觉得一切都是熟悉的。他不由自主地抬头，看了看墙上挂的安吉尔·琼斯画像。画中人咄咄逼人的眼神让他想起了前天夜里在阁楼上动手杀人的男人。

就是他，那个男人就是安吉尔·琼斯！

这绝对是不可理喻的事，安吉尔·琼斯可是一百年前的人，他怎么可能见到他呢？难道这真的是一幢鬼宅？

想到这他又坐不住了，起身来到走廊里。午后走廊里静悄悄的，两旁挂着数百年来琼斯家族成员的画像。据海伦介绍，琼斯家族的主要成员都住在三楼，但是现在老琼斯夫妇都已过世，曾居住的东厢房空置多年。罗伯特的房间在西厢房，但罗伯特旅行在外，所以这里现在空寂无人，只有画像中的祖先注视着这里的一切。

藏书室的大门往左不远有个十字形的通道，右边便是西厢房，左边是贴身仆人住所。再往前走有一扇门，门并没有关，他走过去轻轻一扭就开了。

一股荒凉的气息扑面而来，与外边精致的装饰摆设相比，这里显得格外衰败，再往前就是前夜见到的小木门了，上面的锁依然落着厚厚的灰尘，没有人能将它打开。

转悠了一圈后，他又折回了藏书室，但藏书室的门被风吹着关了，便叫来小松说："刚想去藏书室换本书看，发现那门锁了！"

"那我去叫泰勒夫人开门。"

"宅子里的钥匙都在泰勒夫人手里吗？"

"好像是吧！我总看到她手里握着大把的钥匙。"

"你帮我仔细观察一下，泰勒夫人把钥匙放在什么地方，她什么时候不在房间里边。"

"老爷，你问这个干什么？"

"我想上楼看个究竟！"

"老爷，这不好办，你别老想着那晚的事。"

"顾不了这么多了，只能这样了，我总有种感觉，这里有些事情是冲着我来的，我一定要明白是怎么回事。"

"但是，老爷……"

"好了，不要说了！"陆云起有点恼火了。

小松站在原地不肯说话，陆云起看到这情形叹了口气说："你要相信我，我有分寸。帮我去找泰勒夫人，借下藏书室的钥匙总没问题吧！"

小松只好点了点头。

一会儿，小松拿了藏书室的钥匙回来，泰勒夫人在吃晚餐。

可是泰勒夫人的房间怎么样才能进去呢？陆云起走进藏书室往窗外看，藏书室的窗户在整个宅子的背后，面对着花园，从左数过去第五个窗户就是泰勒夫人的房间，楼下全是正在忙碌的仆人，要攀爬过去是不可能的。

英格兰的天气就像他此时的心情，雾气说上就上来了。近黄昏时，浓得五步之外不见人影，花园也没入一片白茫茫之中。虽然依稀可听见有人说话，但却不知人在何处。趁着这个时候，陆云起跃上窗台，顺着砖块的凸点潜到了泰勒夫人的窗口，却没有想到泰勒夫人将窗户关了，无法进入。正着急，他回头看见背后一棵大树在雾中若隐若现，便伸手摘了一根细的树枝，轻轻塞入缝隙中将窗栅挑开，顺利进入了室内。

泰勒夫人的房间不大，除了床和大柜子，只有一个床头柜。他四处搜了搜，一无所获。就在这个时候，他听见了门外的脚步声，似乎是泰勒夫人回来了，很快就传来了钥匙开门的声音。

他无处可躲，只好藏到了窗帘背后。

泰勒夫人进门后便发现有点不对头，四处望了望，发现窗户大开，窗帘被风吹着，不停地飘荡，便走过去想将窗户关上。这时风更大了，她看见白色的窗帘勾勒出一个人形，吓得尖叫一声，赶紧跑了。

陆云起趁机溜出了她的房间。

泰勒夫人并没有惊动他人，只是在客厅坐了一下又返回了房间，仿佛什么事情也没有发生过。

这天夜里，他一直到深夜才睡着，到了黎明前夕又醒来了，感到刺骨的冷，抬头看见窗户没有关好，白色的雾气像流水般涌了进来，便起身去关窗。突然，他听见了几声"叮叮当当"像是金属碰撞的声音，但窗外依然是茫茫大雾。

"莫不是那什么人又出现了？"他自问。他披上外衣，轻轻地打开门，走廊里漆黑而又安静。

"叮叮当当……"黑暗中又传来了几声金属碰撞的声音，虽然细小，但真真切切。

他朝着声音传来的方向走去。断断续续的声音渐成了连续的，而且就在通向楼梯的方向。那无言的盔甲见证了所有一切，可惜它不会说话。

上到三楼后，借着黎明前微弱的光线，他看见一个瘦高女人在前边走着，除了金属碰撞的声音以外，四周悄无声息。她穿着黑色长裙，像个幽灵，手里拿着一串钥匙。女人走过了藏书室也没停下来，一直往前走，拐过弯，竟然推开了那张破旧的小木门。在她转身的那一瞬间，他看清了她的脸，竟然是泰勒夫人。

他跟上去，推开小木门，里面空寂一片，什么人也没有。灰暗的光随着雾色从小窗洞里漫了进来，小木门在轻微摇晃。

这不就是通向阁楼的门吗？它被打开了。

门内昏暗的色调，潮腐的气息，几乎跟前日梦境中的场景毫无区别。木质楼梯因年代久远，显得斑驳残败，但那略带东方风情的花纹雕饰依然可见。

到了楼上，有一个圆形窗洞，晨光透过玻璃照在走廊上，盔甲默默地立在走道两旁，青石墙体上悬挂着兵器，墙尽头则挂着一幅油画。

那个夜夜入梦的女人就在画上，一如梦境中那样美丽，只是没有那么忧伤。她轻轻微笑，淡然地看着这宁静久远的一切。她身着一件带有古典风格的淡紫色礼服，栗色的长发像大波浪一样垂到圆润白皙的肩上，眼中的爱意可以穿透人的内心将灵魂点燃。

陆云起不知看了多久，想伸手触摸又觉得自己的无力，无力到无法抬起手臂，而思绪却杂乱得没有边际。

"陆先生！"

陆云起一惊回过神，转身看到泰勒夫人站在他的背后。

"陆先生，您怎么到了这儿？"泰勒夫人带着一种似笑非笑的表情看着他。

"我……我起来早了，就在走廊里散步，看见这门开着的，便上来看看。"

"人太好奇了可不是一件好事，陆先生，您说是吗？"泰勒夫人依然面带着微笑。

"不过她可真是美丽！"陆云起忙指着画像说。

"看样子你对她很感兴趣？"

"是啊！"

"那我就告诉你吧，这个就是安吉尔·琼斯的夫人，卡翠娜·琼斯，一个不贞洁的女人。她美丽、邪恶，她引诱了安吉尔·琼斯，并让他为之疯狂。她的行为让整个琼斯家族蒙羞了一百年。生前她被安吉尔·琼斯囚禁于此，死后还阴魂不散。陆先生，看样子你也挺着迷她的。"

"哦，真的没什么，不过这画画得挺不错的，是吗？"

"我听说她本人比这更漂亮。她是法国人，父亲是路易十六的宠臣，来到圣菲尔堡时才十八岁。"

"我知道她有多美，绘画真的不能完全表达！"

"真好笑，好像你真的见过似的！"泰勒夫人嘲笑他。

"夫人见笑了，我还真见过！"

"陆先生，我们还是下去吧！这里每个月只通一次风，平时禁止闲人入内。"

陆云起只好随泰勒夫人下了楼，泰勒夫人从腰间抽出钥匙，使劲地将门锁上。

小松见陆云起回来，心中的一块石头才落了下来。"你怎么大清早又不见了，我以为你的魂儿又被谁勾走了！"

"果然跟我梦中见到的一模一样。"陆云起说。

"您说谁和你见到的一模一样？"小松好奇了。

"卡翠娜，卡翠娜·琼斯，安吉尔·琼斯的夫人。"

"老爷，你是不是中邪了？"小松笑着说。

"看你说的，老爷我会是这么不靠谱的人吗？我觉得这些事和我有关系，我要管到底。"陆云起严肃地说。

6
主人

罗伯特在次日的黄昏抵达圣菲尔堡，大概在五点多就有仆人过来敲门告诉陆云起。他赶紧穿戴好，带着小松来到前厅。前厅和客厅都站满了人，泰勒夫人把全家和庄园的仆役都集合起来欢迎主人的归来。

泰勒夫人看见了陆云起，便走了过来说："陆先生和我一起去台阶前迎接？"

陆云起点了点头，便随泰勒夫人来到大门外。两驾马车从林荫小道中驶了过来，绕过喷水池，径直停在了宅基前的台阶旁。泰勒夫人带着一个跟班走下台阶打开了车门，穿着一身白色便服的罗伯特在海伦的陪伴下走出了车厢。罗伯特下了车，朝四处望了望，很快就看见了正在走下台阶的陆云起。

"威廉！"罗伯特高兴地叫唤着。

陆云起一个箭步从台阶上冲了下来，两人热烈地拥抱在一起。

罗伯特激动地说："当我得知你要来英国，你可知道我有多高兴吗？我几乎马上订了回英国的船票，还有很多的非洲礼物，等会送给你……"

"我也特别期待与你见面，我在这儿等了很多天了。"陆云起说。

他们一边说着一边迈上台阶，走到前厅。守候在前厅和客厅的仆役们看见了罗伯特都大声说："欢迎先生回来！"

罗伯特抬头愣了下，微笑着向大家点头，便转身对史密斯先生说："以后不要搞这样的欢迎仪式，都快天黑了，你先叫大家休息去吧！我和威廉去我的会客厅聊一下。安排好今天的晚餐，我们好好庆祝一下。"

"是，先生。"史密斯先生答应着退下了。

他俩去了罗伯特的专用会客厅。自上次在中国见过面，转眼又过去了三年，别后的事自然聊不完。陆云起找了个机会将此次赴英的工作任务简单交代了一下。

"海伦的父亲莱顿爵士，在下议院外交委员会担任重要职务，她的叔叔莱顿少将在皇家海军也有举足轻重的影响，有时间我会引荐你们认识。"罗伯特说。

"听说日本政府在英国活动和游说。"陆云起说。

罗伯特犹豫了一下说："据我了解，日本政府的确也在活动，但具体什么情况我也无从了解。"

"你是否记得渡边康雄？"陆云起问。

"当然，在耶鲁的时候他可是优等生，如今在日本外务省工作，被派长驻英国。在伦敦时他曾联系过我，去年秋天也曾到圣菲尔堡小住了几天，但并未聊到这方面的事。"罗伯特回答。

"他也来过圣菲尔堡？"陆云起挺诧异。

"是啊，有机会你也可以见见，撇开政治问题，我们都是同学。好了，今天我们不谈这些，这次回来我要和海伦结婚，刚好你来了英国，真让我高兴，你一定要参加我的婚礼。"罗伯特笑着说。

"那当然，我从中国给你带了一个礼物，刚好可做新婚礼物送给你了。"

"真的，太让人兴奋了，上次去中国你送我苏绣屏风，一直放在我的卧室里，我太喜欢中国的工艺品了。"说到艺术品，罗伯特高兴得像小孩似的。

"那我现在去给你拿过来，让你先睹为快！"陆云起说着马上要去房间拿，这时有仆人过来传报晚餐准备好了。

"我们先去吃饭，吃完饭再接着聊。"

当他俩说说笑笑到达餐厅时，所有的人都到齐了，包括海伦、小松、史密斯先生、泰勒夫人和当地的乡绅。丰盛的晚餐给陆云起留下了深刻的印像，英国贵族的生活还真是不简单。首先是开胃酒威士忌，加上新鲜的海鲜和各式布丁，银质的大壶里盛着热热的红茶，还有咖啡和果汁。接着是热菜，有烤全鹅、熏鲑鱼、煎牛扒、羊肉牛奶蛋黄汤。主食有苏格兰羊肉薏米粥、烤双肉蛋饼。

罗伯特吃得不多，用餐也像他的为人，斯文又内敛，十几年如一日。

"很久没有这样正式吃饭了。"罗伯特喝了一小口威士忌说。

"为什么不多吃点？"海伦问。

"够了，真怀念在非洲随心所欲的吃喝玩乐！"

"你已经和我讲了两天两夜的非洲了。"海伦无可奈何地望着大家，又转过身对陆云起说："也许对你还要讲上几天几夜。"

"是啊，威廉，我还有好多话要和你说。"

"我会洗耳恭听的。"

罗伯特站了起来，点了一支烟说："先去你房间看看礼物，再看我从非洲带来的礼物。"

他们赶紧用完餐，便一起去了楼上。

"是景泰蓝！"罗伯特看到陆云起拿出的景泰蓝花瓶高兴得脱口而出。

"看来你对中国的工艺品很熟悉。"

"我一直对东方的艺术品很感兴趣，像渡边康雄送我的日式丝绸折扇，我也很喜欢。"

"是吗？"

他们正说着，远处的树林里又传来了夜莺的歌声，陆云起忍不住回头张望。

"威廉，好像提起了渡边康雄你有点不高兴。"

"哦，没有的事，我刚一直在想个问题。"

"我和渡边纯粹是公务交往，绝不会影响我们之间的关系。"

"我知道，我现在想的不是这个问题，你有没有听见有人在唱歌？我有种感觉，在我们的背后有双眼睛在盯着。"

"你说什么？"罗伯特眼中闪过几丝惊慌。

"没什么，有些涉及国家机密的问题，我怕人听见！"陆云起小声说。

"呵呵，威廉，你太敏感了。"罗伯特笑着说。

"我的压力很大啊，还是小心点为好。"

"你的事情，很多海伦都和我说了，这些没问题，但是我总觉得你心不在焉，你在想什么？"

"没什么，可能是有些疲倦。在这儿的生活，我还未完全适应。"

"不说这些了，我们去看看非洲工艺品吧，明天我们再去骑马！"

陆云起只好放下一些心事，陪着罗伯特聊了一晚的艺术品。

7
墓地

这夜和罗伯特聊到很晚，虽然很累，回到房间依然辗转难眠。

"今夜她还会来吗？"陆云起正想着，门外就响起了微微的动静。"是谁呢？在这样的深夜里还在走来走去，不会是那个鬼魂又来了吧？"

他忍不住走到门口窥望，原来是史密斯先生和一个女人正在上三楼。他举着蜡烛在前边走着，那女人跟在后边，他们去见罗伯特吗？三楼只住着罗伯特和他的仆人，没有别人，但这个女人分明不是海伦，难道罗伯特变得如此风流了？

人的性情还真有点说不清，不过还真的为海伦有点难过，但这不是他所能管的。他能做的只是去影响罗伯特，让罗伯特做个负责任的男人。

一股倦意袭来，他也不想去管这些事了，便返回到屋内睡觉，可远处树林里传来了夜莺的歌声，让人无法安宁。

他堵住耳朵想睡觉，但夜莺叫得更欢了，悠扬婉转地随着夜风四处飘扬，最后变成了如泣如诉的轻叹，随着轻轻的脚步声，在门外徘徊。

她真的又来了吗？他猛地坐起，拉开门想看个究竟，歌声却在黑暗中渐渐远离，消失在楼道的尽头。

"我一定要去看个究竟！"他走到小松的房间里，将小松轻轻摇醒说："你帮我找一根蜡烛来，我记得行李箱里边有，你放在什么位置？"

小松揉了揉睡意朦胧的眼睛说："老爷，这么晚了您又要去干什么啊？这个宅子太诡异了，一定要小心啊！"

"我没事的，你快去找吧！"

小松下了床，在行李箱里找到一根从中国带来的红烛。

"怎么是红烛啊！"陆云起看着挺奇怪。

"这是太太春节在隆福寺上香时买的，太太说沾了佛气能避邪，太太就让我带来了。"

"哦……"陆云起心不在焉地应和着，拿着红烛就出门了。走廊里静悄悄的，两侧的灯光也极为黯淡，让穿着白色中式对襟单衣的陆云起格外招眼。

为了不发出声音，陆云起特意换上了一双软底的圆口布鞋，但是在这样寂静的深夜，仍可清晰听到鞋底与大理石地面接触发出的嚓嚓声。

三楼更加安静了。不仅站立着的盔甲沉默无语，连风的声音也没了，拐过藏书室走廊灯也没有了，穿过木门时，四周终于陷入了无边的黑暗。在这个封闭的空间里，潮腐的气息扑面而来，刚才的月光、花香、夜莺似乎只是在梦中，而此刻才是真实的。

他在身上摸索了半天才找了根火柴，将红烛点燃。烛光映红四周，淡淡的烛香冲淡了刚才的紧迫感，他发现汗水已浸透了自己的单衣。

是因为害怕吗？他想不是。从少年时代到今天的而立之年，他走遍了大江南北，横跨了几大洋，从来不知道什么叫害怕。今天却汗流如注，甚至还能听见自己的心跳，这究竟是为什么？

借着烛光，他看见了那个小木门。今夜小木门又没有锁，出人意料之外地顺利。

"是不是有什么陷阱？"

他觉得太顺利也让人感到不踏实，所以靠在门的左侧伸出手将小木门轻轻推开。小木门在夜里发出惊颤般的"嘎吱"声，除了一股阴凉的风缓缓袭来，并没什么意外动静。

他放下心往前走，偶尔会惊起几只老鼠，打破了沉寂的空间。上了楼梯，顺势往上再一拐弯，便可以看见那几扇圆圆的窗。窗外的月亮将如水的光线投射进走道上，盔甲和武器折射着寒冷的光。

走道的尽头，她的画像依然挂在那儿，表情淡泊而又满怀深情。这样的女人为什么会是荡妇？怎么会是邪恶的呢？他不明白，但传说中的她又的确是如此。

他端着红烛一直往前走，来到了她的画前。他觉得她的眼睛正望着自己，眼神中饱含太多内容，除了委屈、绝望和怨恨，还有爱意。

他感到面颊上有股热流在往下滴，便用手去拭擦。

"我怎么会流泪呢？"他问自己。

记忆中，最后一次流泪是在美国哈特福德的避难山教堂，那时是因为与相伴近十年的美国朋友们分别。而今天是为什么，难道真的是为这个只在梦中出现过、素昧平生的女人？她究竟是谁，为什么让自己如此冲动，甚至连身体都在微微颤抖？

这时他又感觉到有人站在背后，就像第一天晚上在安吉尔·琼斯的画像前那样。是谁？是泰勒夫人？难道是她？卡翠娜？他没有勇气回头。他知道一回头，背后的人就会像风一样飘散。

渐渐地，他听到有人在低唱，似是在耳边，又仿佛远在天边。当他努力转过了身，歌声依旧在，而人却不知飘向了何方。月光如水似地洒在地上，而盔甲依然沉默。

她在哪儿呢？走道左边有一扇门，粗重而又破旧。歌声似乎是从里边传出，他走了过去试着推了推，门被紧锁着。捣弄了半天，也不知道怎样才把门打开，便觉得有些恼火。他把蜡烛放在了地上，飞起了一脚，"轰"的一声门开了，但蜡烛也灭了。一个身影从房里飘出来，瞬间隐入了黑暗中。

陆云起站在门口怔了一下，赶忙跟了上去。

陆云起摸黑走下楼梯，穿过了两扇木门，又回到了三楼走道。借着微弱的走道灯光，他看见她飘然走在前，穿着画中那套紫色的衣裙，栗色的长发瀑布般倾泻至腰际。

她在楼梯口停驻了一下，回过头深情妩媚地看了他一眼，然后又继续前行。陆云起一直跟着，从三楼一直走到了一楼的大门口。她停下来回了回头，随即没入了茫茫夜色中。

陆云起跟着冲出大门，却不见她的踪影，只有月色温柔地倾泻在庭院里。

他站在了大门外徘徊了许久，思绪烦乱，不知该往何处去。

守夜人看见他并走了过来问："陆先生，您在找什么？"

"哦，有没有看见一个女人从门口出来？"

"陆先生，大门锁了很久了，这个时候没有人进出，陆先生是从外面回来的吧？不好意思我刚才没看见您，我马上给您开门。"守夜人说着就去开门。

这究竟是怎么回事，难道又是梦境？他百思不得其解，狠狠咬了一下自己的手指头，生痛的感觉表明自己还生活在现实中。

"不，我刚看见这门开着的。"陆云起说。

"对不起，陆先生，我一直在门口，十一点后落锁，门就没开过。我给您开门。"守门人微笑着说。

小松还没有睡，看见陆云起回来了，忙问道："老爷怎么样了？我刚也似乎听到有人在唱歌！"

"真的，这不是梦境，我刚出去了多久？"

"二十多分钟吧。"

"哦！"

"怎么？"

"没事，早点睡吧。"

陆云起说着就回到自己的卧室，躺到床上。月光依然静静照在窗台上，而远方树林里的夜莺依然在歌唱，平静得几乎像是从未发生过什么。

凌晨一点了，陆运起感到阵阵倦意袭来，便和衣上床睡了。

迷迷糊糊中夜莺不再歌唱了，而她的歌声渐起……

"她又来了！"他惊乍而起，胸口已被汗水浸湿。窗外是一片温柔和宁静。

"今夜的月色真好！"他自言自语走到窗前，他想让夜风将自己吹醒，玫瑰园里的玫瑰正在月光下吐露着芬芳。

忽然，他看见了她正在花丛深处徘徊。他抑制不住激动，立马翻身上了窗台，顺着凹凸不平的砖石往下爬，然后跃入了花园的小道中。

看见陆云起走过来，她停止了歌唱，月光照在她的脸上，苍白而略显不真实。

走到与她相隔五六米的地方，他停了下来，突然有些犹豫了。

风渐渐起了，雾气在花园的尽头渐渐飘散开来，模糊了月色，眼前的人也因光芒黯淡而有些模糊。他不由自主地举起手，想触摸一下，但她却转身向树林的方向走去。

草丛中的露水将鞋浸湿了，树林里阴凉的风吹拂而过，让人颤抖不已。月亮透过薄雾，又重新将光芒洒入了林中，将地面照得斑驳而眩目。她不停往前走，那些横七竖八的灌木也未能阻挡她的前进。

她到底要去哪儿？他无法猜测。渐渐听见了波涛声，快要到海边了，潮湿的气息扑面而来。浓雾夹杂着水汽，十步之外一片模糊。

枝叶渐渐疏了，慌忙中他险些迷路。出了树林，就到了海滩。她的背影，在雾中飘飘忽忽。陆云起似乎看到很多个影子，但仔细一看却什么都没有。

难道他又产生幻觉了吗？不是，除了他见到的两三个黑影以外，还有更多的黑影在海面上浮现。他们乘坐着小船，顺着潮汐靠近海滩。除了双眼以外，他们全身都被黑色所包裹。他们像鬼魂一样轻盈敏捷，登上岸后瞬息消失在了黑暗中。

当教堂钟声敲响，他才猛地清醒过来，教堂高耸的尖塔已在他的面前。在浓雾中飘忽的卡翠娜拉开一道铁门后消失了。

一个墓园，地上到处是荆棘，时而挂住了他的腿，时而刺入了他的鞋内，他只好大声地呼唤："卡翠娜！"

没有任何回音。

他想退回去，却摸索不到方向，黑暗中似乎有人在窃窃私语。

突然，他感到背后一阵风袭来，赶紧转身用臂一挡，"嘭"地发出了沉重的撞击声。巨大的冲击力几乎让他站立不稳，幸亏他少年时学过一些功夫，不然根本经受不住这么重的一掌。

"是谁？"他惊呼道。

数个黑影出现在了他的周围。他有些惊慌，但很快镇静了下来，立即蹲好马步，运了一股气，踢开那些碍手碍脚的荆棘，准备迎敌。他知道一般人不是他的对手，除非他们不是人。刚站好，黑影如同闪电般轮番来袭，招招欲置人于死地。一番交手下来，他心里有了底，他们是人，不是鬼。

他们人多，他被迫处于劣势。他后退着，希望能找到一个最佳位置来应付这群人的攻击。忽然，他感觉背后被什么坚硬的东西挡住了，转过身看见了一块墓碑。在朦胧的月色映照下，他看见了上面的字。

卡翠娜·琼斯

1770—1792

"卡翠娜！"他惊讶地喊了起来。就在这时，一记闷棍袭来，正中后脑，他晕厥了过去。

黑暗中，卡翠娜伸出了手对他说："你回来了……"

月光温柔地照耀着大地，只是屋前的喷水池早已干枯，池中一个石雕的小丘比特拿着箭茫然地看着远方，四处都是残败和空寂。

他知道这是圣菲尔堡，但是圣菲尔堡为什么会这么荒凉？它的辉煌和荣耀呢？难道真正的圣菲尔堡早已不存在了，留下的只有这片废墟？

他想退回去，却不知道归路在何处。卡翠娜依然站在那儿望着他，眼中充满了绝望。忽然，她叹了口气，转身向黑暗深处走去。

他大声呼唤着追过去，她却头也不回地消失了。

　　他在垣断壁中徘徊，月色透过窗玻璃照到了室内，安吉尔的画像被扔在墙角，卡翠娜蜷缩在画旁哭泣。一种钻心的痛在向他袭来……

第二章
隐藏在时光中的秘密

　　有些秘密隐藏在时光中，永远不会被人发现。可它们真的存在过，或是欢乐或是悲伤。它们在荒野的角落里，在星光下唱着自己的歌，只是那些倾听的星光已消逝在宇宙中几万光年了。

1

受伤

月亮隐入云层，圣菲尔堡四周陷入了一片黑暗。那些画，那些人都如同幻像消失在了夜色里，陆云起想迈开脚步去找寻什么，却被绊倒，黑暗中有一双手握住了他。

"你怎么啦？"一个温厚的男中音问。

他睁开了眼睛，看见了贝克牧师，旁边还有贝克太太。贝克夫妇是他在船上遇见的。那天黄昏，玛丽公主号停靠在加尔各答港，他走到船舷看风景，看见一对较为年长的夫妇提着行李艰难地在舷梯上攀登，便赶紧走过去帮忙，他们就这样认识了。在同行的二十多天里，贝克牧师常找他聊天。

他惊讶地问："我在哪儿？难道我还在船上？"他想坐起来，却头疼欲裂，无力地倒了下去。

有些事就这么巧，原来贝克先生就是这个教区的牧师。如果他们在加尔各答港相遇是巧合，那这次相遇也是巧合吗？英格兰那么大，到底是缘分，还是特意安排好的？他有些怀疑。

在普利茅斯港分别的时候，他曾问过贝克牧师的地址，说如果有时间的话就去登门拜访，但贝克牧师只是微微笑了一下说："不用，我们会再相见的。"

"这究竟是为什么？难道你明白我所将面临的一切？"

"别紧张，我并不是在和你玩弄玄虚。在船上，你聊起了圣菲尔堡，我就明白你会来圣菲尔堡，所以我说我们终究是会见面的。我这样做只是想给你一个惊喜，但没想到你已经到了圣菲尔堡，而且又这么意外的相遇，也许还真是缘分。"

贝克牧师的家就在教堂旁边，平常他都工作到深夜。这天他发现起雾了，便去关窗子，突然看见几个黑影潜入墓园，赶紧拿了一把猎枪过去察看，正巧遇上了那些黑影在行凶，便毫不犹豫地开了一枪。黑影散了，发现受害人竟然是陆云起。

"我知道你会来圣菲尔堡拜会琼斯伯爵，可为什么会出现在琼斯家族的墓园里？"贝克牧师问。

"是卡翠娜，卡翠娜·琼斯带我来的！"

"什么？"贝克牧师露出惊讶的表情。

"就是安吉尔·琼斯的夫人，那位传说中的女人。"

"哦，我的天啊！这怎么可能？这怎么可能！陆先生，你在圣菲尔堡受了什么刺激吧？一定是梦游了。"贝克夫人惊叫着。

"不，我知道她在这里，我还看到了她的墓碑！"陆云起说。

"不可能，卡翠娜·琼斯根本就没葬在这儿。她失踪了，有人说是安吉尔杀了她，但谁也没有证据，也不知道她的尸体在何处。"贝克太太说。

"可我真的看到她的墓地，贝克太太。"

"陆先生，你是在圣菲尔堡待的时间长了，那地方有些奇怪，住在里边的人总是神经兮兮的，莫不是也受到了感染？"

"不，贝克太太，让您笑话了，但这的确是真的发生了。"

贝克太太摇了摇头。贝克牧师一直沉默地在听他们说话，眼神渐渐明朗。他走了过去握着太太的手说："亲爱的，你先去休息吧，有些话我和陆先生单独聊聊。"

贝克太太微笑着点点头便离去了。贝克先生坐在床边的椅子上，望着陆云起露出一丝得意的笑容。

"你为什么总是笑得那么高深莫测，跟我讲些莫名其妙的事？"

"因为你就是一个高深莫测的人！"

"此话何讲？"

"这得从卡翠娜说起……"

贝克牧师从他的身世开始说起。

从曾祖父开始，贝克家就是这个教区的牧师。贝克牧师的祖父查尔斯·贝克第一次见到卡翠娜是在他们的婚礼上，查尔斯当时才是二十出头，刚从伦敦的神学院毕业回来，在教堂给神父做助手。由于卡翠娜是天主教徒，来到了圣菲尔堡以后重新进行了洗礼才与罗伯特结婚。卡翠娜身上与生俱来的风情与气质是当地女孩远远不及的，从她到圣菲尔堡的第一天起，她就是话题。她的容貌，她的服饰，她一口浓重法国腔的英语都是人们关注的。即使到了今天，时间过去了一百多年，她的影子依然存在。圣菲尔堡的人从不愿提起她，但她和因为她而发生的故事，在圣菲尔堡以及周围的乡镇永远都是不会衰败的话题。

有人说卡翠娜是个妖女，她带给了圣菲尔堡霉运，是笼罩着圣菲尔堡一百年来不散的阴影。

卡翠娜是怎么死去的，这是琼斯家的秘密。传说安吉尔·琼斯将妻子杀死在阁楼上，肢解后扔到了海里。此后没人看见卡翠娜的踪影，而安吉尔也去了印度再没有回来。其实查尔斯·贝克见到了他们最后一面。卡翠娜死去的那夜，安吉尔背着卡翠娜来求他救救她。她全身是血，还没有死去，可那时谁都回天乏术了。安吉尔背着她去了海边，回来时只有他一个人。第二天清晨，他就孤身去了印度。过了很多年，有个仆人说在夜里的圣菲尔堡走廊里遇见过卡翠娜，她对他说，安吉尔死了，但终究是要回来赎罪的。

每个人都说那个仆人是骗子，圣菲尔堡将他开除了。

"那么说，卡翠娜的鬼魂一直在圣菲尔堡游荡，我所看到的一切都是真的？"

贝克牧师没有回答，只是叹了口气站起来，推开窗户说："天快亮了，你还是稍微休息下吧。有时间我们再聊，待会儿我会派人去圣菲尔堡通报你在我处受了伤，稍晚点才能回去。"

"可是……"陆云起想说点什么，却被一阵奇怪的窸窸窣窣声所惊动。"你听，那是什么声音？"

贝克牧师竖起耳朵，可那奇怪的声音瞬间消失了。窗外雾气漫了进来。一个黑影在潜伏屋檐下，就像条巨大的壁虎。

"没什么，你太过敏了，休息吧。我也太累了，这有两片药，对你的伤口会有帮助的，吃了睡吧。"

贝克牧师端了一杯水，让他吃下药后走出了房间，并轻轻将房门带上。一切安静了下来，他才感觉到头依然痛得厉害。不一会儿药效上来了，他才昏昏沉沉地睡去。

2
铭刻

陆云起醒来时，天已大亮，明媚的阳光投射在窗前，让人觉得现实是真切的，而昨夜那些虚无飘渺的事仿佛只是迷雾，消失得无影无踪。

他坐起来，感觉好多了，头也没那么疼了，便穿好衣服走出去，正好在客厅里遇见了贝克牧师。

"早上好，贝克先生。"

"不早了，十点多了，我等你很久了，我已派人去了圣菲尔堡通报，听说伯爵很着急，他已去城里请医生，下午就会过来接你回圣菲尔堡。"贝克牧师说。

"可有些事我还没弄明白。"

"我也很多事没弄明白，我需要和你多交流！"贝克牧师微笑着。

"我想……"

"别着急，先吃点东西，我们边吃边聊。"

贝克牧师招呼太太端来牛奶和面包。

陆云起边吃边问："贝克太太昨晚说，卡翠娜根本就没葬在这儿，可我昨晚分明看见了。"

"还是眼见为实吧，等你吃完饭，我们一起去墓园。"贝克牧师说。

听了此话，陆云起赶紧结束早餐，跟随牧师去了墓园。墓园的占地面积很大，大概有数万平方英尺，从都铎王朝中期开始，琼斯家族的成员一般都葬在这里。此时的墓园与昨晚的景象完全不一样，郁郁葱葱。修剪整齐的灌木与盛开着的鲜花，让此处更像座花园，一扫夜里的诡秘和阴森。

果然如贝克太太所言，这里没有卡翠娜的墓地，但昨夜见到的墓碑又是如此真切，这究竟是为什么？难道不是同一个地方？眼前如此美丽的墓园的确无法与昨夜所见的墓园相联系，但不在这儿又在何处？难道贝克牧师会骗他？

"陆先生，你过来。"他听见贝克牧师在不远处叫唤，便赶紧走了过去。

"这就是罗伯特的父亲，老琼斯伯爵。"贝克牧师说。

大理石墓碑上镶着一张小照片，照片中的老琼斯伯爵大概五十多岁，眼神忧郁，目光沉重。墓碑上刻着：

戈登·琼斯

1833—1887

"伯爵先生，您可以安息了，我将他找回来了，他就在你的面前。"贝克牧师对着墓碑念念有词。

听到此话，陆云起惊讶地问："你说什么，谁回来了？我怎么越来越糊涂了？"

"你别激动，我们就从老琼斯伯爵开始说起好吗？"贝克牧师解释道。

他们找了一平整处坐了下来。

老琼斯伯爵出生时，安吉尔离开圣菲尔堡四十多年了。算辈分，安吉尔应该是老琼斯伯爵的曾祖父。虽然那段悲剧过去多年，但圣菲尔堡依然笼罩在悲情之中。琼斯家族的人不是莫名其妙的失踪就是精神失常。人们都说是卡翠娜在诅咒圣菲尔堡，也有人说琼斯家族患了家族遗传性精神病。所以纵然琼斯家族家世显赫，却很少有人愿将女儿嫁到他们家。

罗伯特的母亲是老琼斯伯爵在意大利度假时认识的一位当地贵族的女儿。落寞的童年、无奈的家族宿命让老琼斯伯爵有种与众不同的忧郁气质，这种气质吸引了很多女孩，但知道琼斯家族的情况后都退缩了，唯独老琼斯太太不相信。虽然老琼斯伯爵一再向她讲述家族往事，她只是觉得这个理由过于滑稽。她不信这个邪，义无反顾地跟随老琼斯伯爵来到了圣菲尔堡。

这个不信邪的女性使悲情中的圣菲尔堡焕发了生机，罗伯特的出生也让这个家族迎来了崭新的生活，但幸福就像冬日的阳光稍纵即逝。罗伯特三岁的时候，老琼斯先生携眷来到伦敦在政府内阁中任职，此后不久，他的行为开始变得诡秘，白天还好，到了夜里他总是一个人外出游荡。

老伯爵似乎出现了严重的精神疾病，一届政府任职未满，便辞职回到了圣菲尔堡。不久老琼斯夫人便失踪了，说是跟一个爱尔兰人私奔去美国了。可是有一天，老伯爵对贝克牧师说，老伯爵夫人早就去世了，原来她并没有去美国。她疯了，在疯人院里待了多年后去世。

贝克牧师家与琼斯家算是世交，琼斯家的历史，贝克牧师非常清楚。老琼斯先生求他帮着解开笼罩在圣菲尔堡的谜团。

"我答应了老伯爵，我知道要弄清楚圣菲尔堡背后的秘密，一定要找到安吉尔，所以我去了印度。"

"可安吉尔如果活着已经一百三十多岁了，他不可能还活着！"

"卡翠娜说过，他会回来的，别人不相信，但我相信。"

"不可能，太荒谬了。"陆云起摇了摇头。

"可他已经回来了，他就在我的面前。"贝克牧师微笑地看着他。

陆云起向四周张望了几下后，有所领悟地指了指自己问："你说我？不可能，太荒谬了。"

"可是你为什么会在夜里总是遇见卡翠娜，为什么会有所触动，最重要的是，你为什么这么关心琼斯家族的秘密？"贝克牧师反问。

"我……我是因为关心罗伯特。"

"陆先生，你想想，为什么你会在圣菲尔堡处处感到卡翠娜的踪影？你和她相识过吗？最重要的是，为什么有人想杀你？难道没有感觉到这个城堡存在太多的秘密吗？"

"我感觉得到，圣菲尔堡是个割裂的世界。我们看见的只是一个表皮，而现实在我的梦境中。梦境中的圣菲尔堡早已荒芜！"

"过来吧，我再带你看一个人的墓地。"

他跟随着走到不远处一块墓碑前，墓碑上刻着：

阿黛尔·琼斯

1772—1800

"这位是乔治的夫人——阿黛尔。"贝克牧师说。

"她也去世得很早，才二十八岁。"

"阿黛尔是那段往事的见证人。"

"这话该如何说？"

说起阿黛尔，得从阿黛尔的身世说起。

她出身卑微，是法国南部一佃农的女儿，从小被送到巴黎的诺曼男爵家做女仆，诺曼男爵就是卡翠娜的父亲。阿黛尔聪明伶俐，比卡翠娜小两岁，两人非常要好，很快就成了卡翠娜的贴身侍女。卡翠娜嫁到圣菲尔堡后不久，阿黛尔也跟着过来，毕竟在异国他乡只有爱情是不够的。在圣菲尔堡，她继续做着卡翠娜的侍女。卡翠娜死后，她独自留在了琼斯家，再后来她成了伯爵夫人。

阿黛尔虽是侍女，但在环境的影响下有种独特的气质。这种气质让安吉尔的弟弟乔治深深折服。他对阿黛尔的爱恋遭到了父母的反对，但随着父母的去世，乔治成了琼斯家族爵位的继承者，阿黛尔自然也就成了圣菲尔堡的女主人。阿黛尔一直没有生育，她和乔治将安吉尔和卡翠娜的孩子视为己出。

卡翠娜去世的阴影，一直深藏在了阿黛尔的内心。几年后，从那个仆人说在夜里看见卡翠娜开始，阿黛尔便慢慢崩溃了，恐惧与困扰只有每周去教堂和老贝克牧师查尔斯聊聊才有所释怀。她说她在梦中见到了卡翠娜，卡翠娜说自己从未离开过圣菲尔堡，她要等安吉尔回来，不然她们的子孙都不得安宁。阿黛尔安慰自己那只是幻觉，但起不了什么作用。为了排除心灵的困扰，阿黛尔陆续将安吉尔与卡翠娜在法国的往事讲给了查尔斯听。

没多久阿黛尔就失踪了。几天后，她的遗体被冲上了海滩。乔治疯了，几年后跳海自杀。人们都说这是卡翠娜在诅咒琼斯家族，从那时候开始，琼斯家族的人从未得到过真正的安宁。

"我们家在这为主服务一百多年了，从安吉尔开始，一直到罗伯特，见证了琼斯家族的所有悲剧。"

"那阿黛尔究竟和老贝克先生说了什么？安吉尔和卡翠娜在法国究竟有着什么样不为人所知的秘密？"

"你真的想知道？"贝克牧师依然带着那高深莫测的微笑。

"当然！"

贝克牧师站了起来伸了伸懒腰，说："说来话长啊！"

3

巴黎

安吉尔和卡翠娜的相遇是在 1788 年 9 月的巴黎。那年的春天，安吉尔刚从印度回来。这位野心勃勃的年轻人在印度多年，掌握了许多香料贸易的资源。从海军退役后，他没有选择回到庄园享用父母的荣耀，而是希望以自己的勇气闯下一份属于他的财富。为了他的香料生意，他把开拓事业的首站选在了巴黎，因为这个奢华的城市需要挥霍异国之香。为了尽快在巴黎的上流社会打开局面，他通过各种关系赠送了皇室许多极品香料，引起了路易十六的王后玛丽·安瓦内特的极大兴趣。这位讲究奢华和排场的王后派出了宫廷侍卫官维克多找到安吉尔，邀请他去凡尔赛宫参加国王三十二岁的舞会。虽然早就听说过凡尔赛宫的壮美，但到了现场后他还是被惊呆了。气势恢宏的宫门前，众多衣着华丽的侍从在接待着各地的来宾，广场前的马车排着长长的队伍轮候停靠，缤纷如云的美女让人看得目不暇接。

他就是在那里遇见了卡翠娜。

卡翠娜是路易十六的宫廷侍卫官维克多的未婚妻。那天在舞会上具体发生了什么已没人知道，总之他们是一见钟情了。据阿黛尔的讲述，卡翠娜那天从舞会回来后，既没有谈起舞会的华丽，也没有谈起任何王室名流，只是不停地说到一个英国人，她称他为琼斯少校。这位琼斯少校很是与众不同，虽然年龄不大，却见多识广，谈吐不凡，让卡翠娜兴奋得整夜都睡不着觉。

卡翠娜当时才十七岁，爱情究竟是什么，她还不明白。她觉得男人都差不多，特别在巴黎这座充满脂粉味的城市。至于维克多，她也只是见过两次。第一次是在亚多瓦伯爵家的舞会上，王后领着卡翠娜去见维克多。晚上，灿烂的烛光照在维克多稍有些削瘦的脸上，熠熠生辉。维克多只有二十五岁，但看上去却有着超越年龄的老沉。卡翠娜从小就是一个美人坯，王后也格外喜欢她，很早就和诺曼男爵说一定要帮卡翠娜找一个好夫婿。侍卫官维克多不仅出身名门，而且能干，是宫廷内外公认的明日之星，他们俩能结合在所有人看来就是天作之合。第一次与维克多相见，卡翠娜并没有想太多，她只是想尽情狂欢，甚至忘了维克多的存在。她不知道维克多在走廊外徘徊了一夜。在宫中多年，维克多第一次感到了春天的气息，清新、迷人，飘荡在周围。

第二天，母亲问起了卡翠娜对维克多的印象，卡翠娜很随意地答了一句，还不错吧。

谁也不曾想到这句随意的话几乎改变了她的一生。一个星期后，维克多家人及宫中的官员驾着十多辆顶着流苏的华丽马车，来到了卡翠娜家提亲。诺曼男爵分外高兴，为此举行了一次盛大的宴会。卡翠娜都不知道是怎么回事，就已经没什么退路了。

那天下午，卡翠娜和维克多在后花园里第一次单独见面。在阳光下，维克多的脸显得格外苍白，但眼神却异常的坚定。诗一般的语言，乐章似的对白让卡翠娜的心触动了一下。但这真的是爱情吗？她不知道。接下来的事似乎就顺理成章，就差结婚了。

但安吉尔的出现就像一道闪电，让她的内心瞬间被点亮了。如果这瞬间的光让少女的心燃烧了几天，没人再来加柴助火，这火也就渐渐熄灭了。但是世事却是难以预料，不曾想到他们的第二次相遇会在卡翠娜的家里。

诺曼男爵本是个商人，花钱买了个贵族的头衔，但骨子里依然是将金钱作为立身之本。凭着他对商机灵敏的嗅觉，很快就与混迹于巴黎上流社会的这个英国香料贩子建立了联系。几天后，安吉尔出现在了卡翠娜家。

阿黛尔清楚地记得第一次见到安吉尔的情形。那天下午卡翠娜和阿黛尔在花园里打闹，一直闹到客厅。毕竟她俩都还是女孩，看见父亲和一个客人正由外往里走，只想转身到花园回避，却没想到那客人很惊讶地喊了一声："卡翠娜！"

卡翠娜愣了一下。在短短的几秒钟内，阿黛尔看见卡翠娜眼神中极复杂的变化过程，从迷茫到羞涩再到温柔。一位外表极为俊朗的男人，带着和煦的微笑站在了她们面前。十五岁的阿黛尔都能听见卡翠娜心中情窦初开的声音。

席间，安吉尔都是和男爵在交谈。吃完饭，他就告辞了，似乎也没太把这事儿放在心上。

半夜时分，阿黛尔醒来时发现阳台上站了一个人，吓了一跳。仔细一看，原来是卡翠娜。她悄悄走到窗台边观察，看见墙外站着一个人，这个人就是安吉尔。他们相互凝望着，彼此都没有说话。

第
二
章
隐
藏
在
时
光
中
的
秘
密

他们开始约会了，约会的地点在男爵家的花园。每天到了黄昏，卡翠娜就请求阿黛尔为她望风，他们俩隔着花园的铁栏杆互诉衷肠。渐渐地，他们不再满足于隔着栏杆相见，于是相约一起去郊游。卡翠娜是个单身的贵族少女，不能独自出门，便央求阿黛尔同她一起，撒了个谎说去一位熟悉的女伴家。

那天，随行的还有安吉尔的几位朋友。到了郊外，卡翠娜简直快乐极了，从未感到如此自在过。

郊外的林地里有着大片的空地，停着一些大篷车和帐篷。人们都说住在这里都是能算命的吉普赛人，这些吉普赛人是从东方来的流浪者，过着与众不同的漂泊生活。趁着安吉尔与朋友们交谈的机会，卡翠娜和阿黛尔溜到林中，去找吉普赛人算算命。她们遇见了一群奇怪的人，为首的男人盯着卡翠娜许久说："小姐，请留步好吗？我有几句话想和你说。"

卡翠娜迷惑地问："你们是算命的吗？"

那男人说："姑且算吧。"

那男人向卡翠娜说了一些莫名其妙的话。大概意思是说卡翠娜正在走向危险的境地，魔鬼在向她招手，希望她能及早回头等等。

一番话下来，吓得卡翠娜和阿黛尔大惊失色，赶紧回头就走，那个男人在背后喊："我叫阿达，有什么问题还可以来找我……"

卡翠娜匆忙跑出了林地，不由哭了起来。安吉尔赶紧问发生了什么事，她告诉他遇见一群吉普赛人，说了些奇怪的话。还没等她将来龙去脉说完，众人就大笑起来，说那些吉普赛人都是些骗子和小偷，就会吓唬小女孩。

听了大家的话，卡翠娜才释然，重新快乐起来。

4
离开

天下没有不透风的墙，关于安吉尔和卡翠娜的事终于传到了诺曼男爵和维克多的耳朵里。诺曼男爵非常生气，家里所有的人都听见了男爵在教训女儿，接着卡翠娜从男爵的书房里冲了出来，把自己关到房间里哭得死去活来。

为了断绝他们俩的关系，男爵限制卡翠娜外出，任凭卡翠娜大哭大闹，甚至以绝食威胁，男爵丝毫不为所动。卡翠娜饿坏了，半夜出来偷吃东西，而男爵知道厨房里的食物莫名其妙地消失后非常得意，他想女儿闹绝食也不过如此。他不知道的是，卡翠娜和安吉尔常在深夜的花园里隔着栏杆谈情说爱。谈情说爱是一件费体力的事，卡翠娜常常去拿食物供两人分享。

那段时间维克多常常来，不过是在白天。由于夜里过于兴奋，白天卡翠娜没什么精神，看见维克多就哈欠连连。卡翠娜的表现让维克多非常难堪，只能和男爵夫妇聊天。但维克多还是信心满满，他说安吉尔不过是个花花公子，在巴黎玩够了就会离开的，到时安吉尔又会去别的城市勾引纯情的小女孩，卡翠娜总会醒悟的。

果然没多久，安吉尔就离开了巴黎。人们都说维克多善于忍耐和等候，这些品质让他始终处于不败的地位，所以年纪轻轻，在宫廷中谁也不敢看轻他。自从被母亲送入宫中成为国王的侍卫官，他把所有的时间都花在照顾国王和王后的日常生活和处理宫廷事务上。他虽是贵族子弟，却丝毫不娇宠。母亲波利涅克夫人为了取信于王后，牺牲了他的青春岁月，十年的宫廷生活彻底改变了他的性格，让他在错综复杂的宫内环境中变得格外的冷静与清醒，但内心的孤独和沧桑只有他自己明白。

虽然安吉尔这样的英国纨绔子弟像一阵风吹过了，但谁能保证以后不会蹦出一个意大利人、西班牙人呢？他觉得他们相处的时间太少了，所以特向国王请了一段时间假，频繁出现在男爵家。

卡翠娜的心情似乎丝毫没受到影响，她比原来更快乐。她告诉阿黛尔，安吉尔去西班牙有急事，办完事他就会回来迎娶她，临走前还一再叮嘱道："记得一定要等我，我一定会回来的。"

少女们总是容易被这样美丽的词汇所打动，何况是自己一见钟情的人，就算是再苦再难她也要挺过去。

可是随着时间的推移，安吉尔毫无音讯，维克多来到家里的次数却越来越频繁，有时甚至一天好几次。维克多和男爵在商量他们的婚事了，他们把婚礼定在了新年后的一月六日。

那时已是初冬，距离圣诞节只有一个月。卡翠娜记得安吉尔说过，圣诞节后新年前会赶回来。万一他不能按时赶回来怎么办？想到这里，她就坐立不安。为了不出意外，男爵不许她随便出门。能给安吉尔传递信件的，也许只有安吉尔在巴黎借住的一位朋友——安德烈。安德烈是一个热爱探险的法国青年，他也在印度待过，是安吉尔要好的朋友。但是怎么样才能见到安德烈？卡翠娜又想到了阿黛尔。阿黛尔最近一段时间总是帮助母亲去订做一些小礼品，如果哪天阿黛尔再出去，可托她去趟安德烈家。

几天后机会来了，男爵夫人遣使阿黛尔去外边取她定制的新外套，那地方离安德烈家不远，卡翠娜央求阿黛尔帮帮忙。在圣奥诺雷街，她见到了安德烈。安德烈说安吉尔刚刚到达西班牙，事情办完了就会尽快返回巴黎。他答应将卡翠娜的口信捎给安吉尔，由于安吉尔在旅途中，暂时无法收到信件，所以只能寄往圣菲尔堡，期望他回到家后能看到信。如果他在圣诞前夕回到家，稍作休息动身，绝对能在新年前回到巴黎。

听到这个消息，卡翠娜便安心了不少。

十二月初，第一场大雪来临了，圣诞和新年的气氛越来越浓。

既然婚事已经提上了日程，维克多自然热情高涨。

此后的二十多天，安吉尔还是没有音讯。

眼看圣诞节就要来临了，卡翠娜又陷入了焦虑状态，有时候她觉得她的爱情不过是个幻觉。

再过十天婚礼就要举行了，维克多往日苍白的脸上变得生机勃勃，所有的爱意都写在了脸上。卡翠娜看着他，渐生了对维克多的愧意。他是善良和儒雅的一个人，如果没有安吉尔，也许她是会爱上他的，但她的心完全乱了，安吉尔成了她摆脱不掉的影子。

平安夜到了，安吉尔还是没有任何音讯，卡翠娜几乎到了崩溃的边缘。在那样快乐和祥和的夜晚，她独自一人哭泣到天明。维克多曾对她说过，安吉尔是一个传奇，传奇是会撩动人内心的，但却不可当真。她觉得这话对极了。

可在圣诞节这天事情有了转机，阿黛尔随同男爵夫人外出，突然一个男人从背后跟了上来，原来是安德烈。安德烈趁着男爵夫人没注意塞给了阿黛尔一封信。

亲爱的卡翠娜：

当你收到我的信时，我已在返回巴黎的路上了。今天下午我回到圣菲尔堡看见了安德烈给我的信，了解到我离开巴黎以后发生的事情，就迫不急待地给你回信。再过几天就是圣诞节了，英格兰的乡间早已是白茫茫的一片，在这个寂静的冬夜，因为对你的思念变得格外温暖。

外面依然在下雪，但我不能再等了，稍做休整我就出发。在我心中，你是最重要的。答应我，这次到巴黎后和我一起回去，我不愿以后再在思念你的日子里度过，这样的思念太让人受折磨了。你目前的状况我都知道，亲爱的你一定要挺住，我就回来了。今天是 12 月 22 日，我 24 日清晨从圣菲尔堡出发，26 日可到达伦敦，29 日即到达巴黎，我一定会到的。

不多说了，记住一定要等我。

爱你的安吉尔·琼斯

可是圣诞节过后，安吉尔还是没有出现，29 日过去了，很快新年就要到来了。卡翠娜再也按捺不住了，31 日下午她发疯了似地从楼上的房间冲下来往门外走，还没到门口就被男爵给拦住了。男爵大声训斥着她，她则叫着："今天谁也别拦我，谁拦我就死给谁看！"

男爵有些怕了，但仍然不肯放手，卡翠娜忍不住大哭了起来。他们正僵持着，维克多来了，看到这个情形他对男爵说："我带她出去走走，她想去哪儿我就带她去。"

于是卡翠娜被维克多带走了。

几个小时后，天色黑了，维克多才将卡翠娜送回来了。卡翠娜已经恢复平静，她带着悔悟的表情绕过男爵独自上了楼回到房里，看见了阿黛尔才止不住泪如雨下。

"他是个骗子，他是个骗子。"她呜咽着说。

那时，也许她已经愿意把这段情放下，回复到真实的生活中去。但是要放下一段情会这么容易吗？新年的钟声即将响起，她发起了高烧，口中念念不忘的依然是安吉尔。

可安吉尔到底在哪？他真的是一个骗子吗？

此刻，安吉尔正在巴黎的监狱里。

原来维克多在圣诞节前后便从卡翠娜的表情变化上嗅到了不祥的气息，趁着男爵夫人带她外出试穿结婚礼服的机会，偷偷溜进了卡翠娜的房间，在化妆盒里发现了安吉尔的信。他根据信件提供的信息，在 29 日黄昏将刚到巴黎的安吉尔以走私罪逮捕了。

新年即将到来之际，身在监狱的安吉尔也发起了高烧，寒冷的北风不断从窗口涌进来，他全身颤抖不已，而烈火却在心胸不停地燃烧。鉴于琼斯家族在英国的地位，如果他死在巴黎容易造成外交事件，维克多决定将他驱逐出境。

1788 年 12 月 31 日深夜，病重中的安吉尔被铐上了手铐、脚铐，押上了囚车。马车沿着空旷的大街疾驶而去，远远地听见了教堂新年的钟声响起。

他望着夜色中的巴黎哭了。

5

凝视

正午的阳光穿透枝叶射入了人的眼睛，让人感到一阵刺痛。

"你流泪了，安吉尔！"贝克牧师停止了讲述，望着陆云起。

"哦，没有。"陆云起如梦初醒般怔了一下。

"它一定触动了你的心！"贝克牧师说。

陆云起没有回答，他知道眼眶的确湿了。这时墓园外的大道上传来了一阵急促的马蹄声。

"琼斯伯爵来了，他接你回圣菲尔堡。"贝克牧师说。

"怎么这么快就来了？"

"可能他牵挂着你的伤情，我们走吧。"

"可安吉尔后来怎么样了？"

"不着急，以后再说。"

很远就在贝克牧师家门口看到了罗伯特，还有史密斯先生、医生和小松。

　　陆云起身心疲惫，让小松看了大为惭愧，赶紧跑到他面前跪下说："全是奴才不好，没有照顾好老爷，让老爷受苦了！"

　　这一跪不仅让洋人们吃了一惊，更是让陆云起大惊，立即将小松扶起来。"别这样，不是早和你说过在国外不要来国内那一套吗？"

　　"可是老爷，你现在这样，回了国你让我怎么交差啊？"

　　"我真的没事，老爷以后小心就是了！"

　　小松点了点头才站了起来。

　　罗伯特走过来，拍了拍小松的肩膀，对陆云起说："我们所有的人都在为你担心。"

　　"真的不好意思，让大家担心了。"

　　"可是威廉，你为什么会摔成这样？"

　　"是这样的。"贝克牧师走了过来解释，"早上陆先生在海边散步，由于雾色太浓没看清前方的路，从岩壁上摔下去了，幸亏被我看见了，就让他到了我家，简单包扎一下，算不上严重。"

　　"谢谢您了，贝克牧师。"罗伯特说。

　　不久，罗伯特他们带着陆云起回圣菲尔堡了。医生对他做了全身检查，幸好只是一些皮外伤，无啥大碍，罗伯特才放下心离去。

　　罗伯特前脚刚离开，小松"啪"地又跪下了。

　　"你这是怎么啦？不是和你说了不要来这一套吗？"陆云起赶紧起身。

　　"老爷，现在这没洋人，小的有几句话要说。"

　　"什么话起来再说吧！"

　　"不，老爷，我就这么说。在北京的时候，临行前太太交代了一定要照顾好老爷，这一去千万里，如果您有什么闪失就拿我是问，老爷您不考虑自己，也得为小的考虑，万一有个什么闪失，叫小的怎么回去交差啊。"

"我也没怎么啊？只不过摔了一跤，没那么严重！"

"老爷您骗得了别人，骗不了我。我在陆家也有五六年了，对老爷的身手还是知道的，不可能自个儿摔得头破血流。小的知道老爷半夜里就出去了，肯定是遇着事了！"

"这小子，我真服了你！"

"但是有些话我还是得说，这宅子阴气太重太不吉利，咱们还是早点办完事早点走人吧。"

"好了好了，什么事情我都明白，你别瞎掺和，赶紧给我起来，累死我了，我还得好好休息呢。"

陆云起说着便躺到了床上，小松看到老爷真有些生气了才无奈地走出了房间。

也许是真的累了，陆云起在这个下午好好睡了一觉，醒来时便到院子里走走，在喷水池边上遇见了罗伯特和海伦骑马回来。

看见陆云起，罗伯特赶紧从马上下来说："威廉，看上去你恢复得不错！"

"谢谢，本来问题就不算严重。"

"本来今天要约你一起去骑马的，可惜发生了点意外，我想你明天应该可以吧？"

"当然可以，就算是现在也没问题。"

"我这有两匹新买的撒拉布兰道马，你跟我一起来看看吧！"

撒拉布兰道马又称纯血马，是一种品质优秀的赛马。在学生时代就是马术高手的陆云起听了自然欢喜得不得了，便和罗伯特一起去了马房。看见好马，他顾不得刚受过伤，骑上撒拉布兰道马在乡村小道上玩了个尽兴。

也许是白天太兴奋，夜深了还是毫无睡意，陆云起在书桌前看了一会儿书，又开始胡思乱想了。远处传来了夜莺的歌声，他忍不住推开窗。月色宁静，他想起今天上午和贝克牧师的一番谈话。

"我不能这样，我不能为一段传说而左右！"他自言自语着。

歌声忽远忽近，他还是忍不住要出去看个究竟。此时还不算太晚，圣菲尔堡有许多人没有睡觉，走廊和大厅的灯还依然开着。夜莺幻化成低声的吟唱一直在走廊游走，消逝在一楼的艺术长廊处。

他蹑手蹑脚地下了楼，溜到了那里。空荡荡的艺术长廊除了珍贵的艺术品外，别无他人。忽然，他被墙上的一幅男女画像所吸引，画中女人的眼睛似乎在动，表情欲言又止。

他正要转身离去，远远看见泰勒夫人走来了。

"陆先生，这么晚还在欣赏艺术品啊？可我得关灯了。"

"我随便看看，这幅画几乎将这位女人画活了！"

"这个是乔治·琼斯夫妇。"泰勒夫人介绍道。

"乔治？安吉尔的弟弟？"

"是的，乔治的夫人阿黛尔，也是一位法国人。"

"哦，我知道了，谢谢泰勒夫人，我想我也应该回房休息了，晚安。"陆云起说完便匆匆离去。

泰勒夫人看着陆云起远去的背影，露出一丝笑容。她关了长廊的灯，黑暗中的那双眼睛依然在墙上炯炯发光。

陆云起躺在床上辗转反侧，银色的月光照在窗台上，像极了曾经拥有的夜晚，仔细回忆却不知在何时何地。

"我一定得弄明白这是怎么回事！"他爬起来说。

他穿好了衣服，悄悄跃上了窗台，再顺着窗檐往下爬，穿过花园到了马房。马房的门并没有关，而看守马房的仆人早已熟睡。

他在马房中顺利地找到了下午骑的那匹撒拉布兰道马，也许是因为有过亲密的接触，马儿没有惊动，温顺地随着陆云起走出了马房。他翻身上马，穿过树林和海滩，向着教堂方向奔跑。

贝克牧师在书房看书,当他听见一阵疾驰的马蹄声,微微一笑。

"真不好意思,这么晚还来打扰您!"

"没关系,我知道你会来的。"

"今天晚上,我无意间看到了一幅画,泰勒夫人告诉我,他们是乔治和阿黛尔。他们让我想起今天上午说的故事,我想知道后来究竟发生了什么?"

"陆先生,你能告诉我你的真实身份吗?"

"我是琼斯伯爵的好朋友,也是同学,一个普通中国人,因公务来到英国,顺便探望琼斯伯爵。我是真诚的,请不要对我的身份乱猜测好吗?"

"我们先不说这些,你喝点什么吗?咖啡还是茶?"贝克牧师问。

"随便吧。"

"那就红茶。"

6
偷渡

由圣菲尔堡往西的霍克庄园原是霍克家族的祖居地,不过现在庄园早已易主,霍克家的后人已散居到了美国和加拿大。当年霍克家的马克西姆和安吉尔差不多大,是安吉尔最好的朋友,曾一起在海军服役,又一起远征印度。马克西姆前前后后曾在印度呆了三十年,一直服务于东印度公司,是有名的印度通。1812 年,马克西姆由印度返乡,老贝克牧师查尔斯还找过马克西姆,希望了解安吉尔在印度究竟发生过什么,但他对于印度的事情不愿谈太多,只是说最后一次见到安吉尔是在 1801 年的加尔各答,从此他随着商队去了澳门，就再也没有见过。可安吉尔和卡翠娜的事他倒谈了一些，特别是安吉尔被驱逐法国后……

安吉尔被维克多的人扔到了伦敦的大街上，挣扎着到了海军部找到了马克西姆。马克西姆简直不敢相信眼前的这个人就是安吉尔：脸色苍白、胡须凌乱、语无伦次，与他认识的完全是两回事。他认识的安吉尔，果断、强悍、坚强，虽然容易激动，却从不慌张。在英武的外表下，他有一种与生俱来的贵族气质，这种气质让他十七岁进入皇家海军士官学校时就成为领袖式的人物。但一年未曾见面，他怎么变成了这个样子？连日的旅程和高烧让他见到马克西姆后就不省人事。马克西姆赶紧将他送到了海军医院。

他昏睡了一整天才醒来，睁开眼睛便央求马克西姆将他送回到法国，对任何劝说都不予理睬，在身体虚弱的情况下仍然激动得难以自持。后来在医务人员的强迫下服了几片镇静药，他的情绪才渐渐缓和，将事情的来龙去脉详细地讲述了一遍。

"我一定要在 6 日之前到达巴黎，你要帮我！"

马克西姆知道安吉尔决定的事没有人能改变得了。但此时已是 3 日的下午，两天时间从伦敦到巴黎是可以的，但安吉尔属于被法国政府驱逐出境的人，不能合法地在港口登陆。除了敦刻尔克和加莱以外，多佛尔海峡对岸没有什么好的登陆点，再往南更是风大浪急。安吉尔又是这么虚弱，医生特别交代过，这几天最好在床上躺着，不要出门，更别说这样的长途跋涉了。

正当马克西姆犹豫不决时，安吉尔已站了起来。

"如果我死在路上，请帮我告知卡翠娜，告诉她我从未忘记自己的诺言。"

此时如果不帮助他，他一定会死在路上，马克西姆只好点头答应了。他们研究了一番路线，决定从荷兰的奥斯坦德港登陆，再偷越国境线深入法国。

马克西姆通过关系，弄来了一艘帆船，趁着夜色起航，由马克西姆亲自驾船。其实无论是马克西姆还是安吉尔，本来就是身经百战的船员和水手，相对于广阔的大西洋和印度洋，多佛尔不过是一条水沟。但由于安吉尔大病未愈，马克西姆希望能尽量开得平稳些。

他们在天亮后不久抵岸。马克西姆陪安吉尔在港口不远处的集市里买了一匹马，然后叮嘱说："我不能再送你了，往南走三十英里就到了法国边境。你不要走大路，走小路会安全点，祝你好运。"

安吉尔骑在马上向马克西姆行了一个礼，解开缰绳飞奔而去。

此时的巴黎，卡翠娜的身体状况也在恢复，婚礼将在后天如期举行。在卡翠娜患重感冒的几天，维克多忙前忙后，极尽温柔体贴。在这种情况下就是铁石心肠也会感动的，卡翠娜的心经过低谷后在慢慢回升。

清晨，维克多就驾着马车到了男爵家，卡翠娜还未醒来。过去的几天，她几乎没有好好睡过觉。维克多悄悄地走到卡翠娜床前，将一束玫瑰花放在了她的枕前，伸手想把她眼角的泪水轻轻拭去，谁知这么轻轻一碰她就醒了。

心是平息了，但并不代表忘却，昨夜的梦中全是安吉尔，醒来才发现枕巾都湿了。既然爱情这么令人痛苦，当初又为什么要心动？安心地嫁给维克多，平静地生活不是很好？过去的几天里她是感激维克多的，他像守护神一般爱护和照顾她，但爱情是很奇怪的东西，它并不会因为感激而产生。

安吉尔无孔不入在她的记忆里张扬着。临行时浅浅的一笑，像尖刀一样在撕裂她的心，让她发疯，让她想要了解是为什么？她要找到他，去质问他。但是茫茫世界，他在哪儿呢？英国对于她来说只是一个模糊的概念，因为认识了安吉尔，才有了明确的意义。

婚礼的前一天，卡翠娜的心情变得极差，又闹着要出去，说不让她出去就从楼上跳下去。男爵气得发抖，幸好维克多及时赶到解围。卡翠娜对他俩说："你们凭什么束缚我，我是人，我有我的自由和想法，你们为了自己的利益，从不在乎我的想法。"

愤怒的男爵狠狠给了她一巴掌。

卡翠娜捂着脸回到了房间，维克多赶紧跟着她到了房间，对她说，她真的想出去，他可以带她出去。虽然他知道她想去哪儿，也知道安吉尔在她心中的地位。

卡翠娜听着眼泪又往下掉，维克多乘机走了过去抱住她，说："走吧，我带你，去你想去的地方。"

既然由维克多带着去，男爵也没有什么好担心的。他们坐上维克多的马车，直奔圣奥诺雷街的安德烈家。安德烈看见卡翠娜随着维克多来非常惊讶，无奈之中表示了对卡翠娜的同情，可他的确不知道安吉尔去了哪儿，更不知道安吉尔为什么要这样。

就在维克多携手卡翠娜离开圣奥诺雷街的时候，一个风尘仆仆的旅人从街的另一角骑马拐入了圣奥诺雷街。这个人看来累极了，当他到达安德烈家门前，几乎是从马上跌下来的。

他爬起来，跌跌撞撞地敲开了安德烈家的大门。

7
逃亡

从安德烈家回来后，卡翠娜身上有了一种难得的平静，这种平静让她看上去成熟了不少。她已在向少女时代的梦想告别，虽然这个梦幻就像照亮夜空的烟花，只有一瞬间。

楼下热闹非凡，亲戚、朋友、女相傧都在迎候卡翠娜。上午十点，父亲挽着她的手在大家的拥簇下坐上马车，浩浩荡荡地驶向圣母大教堂。此时的圣母大教堂可以说是高朋满座，不仅有王室成员、政府高官、王公贵族，还有不少远从奥地利、荷兰、巴伐利亚赶过来的亲朋好友。

这是一个倾城婚礼。由于王后要参加婚礼，婚礼现场被严格保护起来，一般的人是无法进入的。

维克多身着华丽的礼服在迎接客人，不时和旁人小声耳语几句。

有时幸福临到关头，反而会让人有些恐惧，因为害怕梦常常会在最绚烂的时候醒来。当新娘的马车驶进了教堂，卡翠娜拖着长裙走下了马车，和家人、相侯迈进了教堂的休息室，维克多的心才真正安宁下来。此时，距婚礼还有半个小时。

女相侯室里，阿黛尔在帮卡翠娜整理妆容。这个时候响起了敲门声，一个捧着鲜花的娇艳女子走了进来，带着微笑，把鲜花递给卡翠娜。她俩仔细一看，原来是那天去郊游时与安德烈随行的女伴，交际花米兰妮。米兰妮在卡翠娜耳边耳语了几句，随后卡翠娜要阿黛尔回避一下，让她在门口等候。

婚礼快要开始了，米兰妮还没有出来。阿黛尔去敲门，却没有人回应，再推开门，室内空无一人，窗户洞开，结婚礼服散落了一地。

卡翠娜走了。

卡翠娜的母亲知道情况后歇斯底里地哭喊了起来，父亲气得差点晕倒，来宾们议论纷纷，现场一片混乱。

王室马上宣布封锁巴黎的各个城门，全国通向欧洲各地的口岸也加强了检查。警察对于安德烈在圣奥诺雷街的家进行了搜查，但那里早已是人去楼空。

安吉尔、安德烈和米兰妮以绑架诱拐的罪名在全国被通缉。

随后的几天，男爵夫人几乎老了一圈，每天都躺在床上流泪。她不是因为失去这样一桩美满的姻缘而伤心，而是为卡翠娜的安危担心，十八年来她从未离开过父母，一直在父母的呵护下成长，如今却和几个通缉犯人浪迹天涯，怎能叫人不担心。

　　男爵不停地叹气，似乎在后悔不该逼迫女儿嫁给维克多。但就在大家为卡翠娜担心的时候，卡翠娜又出现了。

　　两天后的一个寒冷的夜晚，男爵夫人在窗口忽然发现她站在马路对面，孤零零的，眼神中满是幽怨。男爵夫人激动得老泪纵横，却不敢惊动别人，因为他们的住宅已被监视。她悄悄喊来了男爵。

　　卡翠娜在马路对面站了不久，向父母挥了挥手后独自走了。

　　男爵明白女儿肯定遇上了事，而且是特别绝望的事，赶紧派上一位心腹绕开监视者，悄悄尾随卡翠娜而去。

　　尾随卡翠娜的是一位名叫吉姆的长者，年轻时曾是绿林中人，后跟随男爵从事葡萄酒生意走南闯北，一直是男爵最亲信的人。在男爵心中，吉姆除了忠诚以外，他的机敏、稳重、低调都是成事的关键。在从事葡萄酒生意的几十年里，关键的事几乎都是由吉姆出马，可以说没有吉姆，就不会有男爵今天庞大的产业。不过近年来，吉姆很少做事，毕竟年纪大了。

　　吉姆很快就将消息打听回来，原来卡翠娜他们由于各处城门被封，一直没有离开巴黎。他们住在安德烈在加普西努大街的秘密住所。安吉尔由于连日奔波，病情加重，却找不到好的医生，如今生命垂危，可能挨不过明天了。

　　男爵听后大吃了一惊，他从吉姆嘴里了解了安吉尔近来的遭遇，不由暗暗佩服。他决定尽全力帮助他们。

　　在男爵和吉姆周密的布置下，卡翠娜和安吉尔被顺利转移出城，安置到了波尔多的雷米斯酒庄。虽然在雷米斯酒庄也遭受了一些变故，但春天的时候男爵接到了卡翠娜从英格兰寄来的信，信中说他们已顺利到达圣菲尔堡，并举行了盛大的婚礼。

"后来呢？"陆云起问。

"一对年轻人为爱跋山涉水，回到属于自己的城堡。但是回到城堡后呢？小孩子都能说出来，从此他们生儿育女，幸福地生活在一起，简直是一个童话。"贝克牧师说。

"可这不是童话，谁都知道这是一个悲剧。"

"也许他们的悲剧早在巴黎就开始了。"

"为何这样说？你刚说在雷米斯酒庄也遭受了一些变故，究竟是什么变故？"

突然，陆云起听见窗外有动静。贝克牧师刚想说什么，陆云起赶紧做了一个安静的手势，便轻轻地走到窗前。窗外除了风声，似乎没有什么其他的异样。陆云起环视了一周后，将视线投上了屋檐，一个躲在屋檐下的黑影"嗖"地一声窜上了屋顶。

"谁？！"

陆云起一跃而起，跳上窗台，顺势抓住屋檐上了屋顶。黑影看陆云起上来了，马上顺着屋脊奔跑，然后一跃而下，没入了黑暗中。

陆云起紧追不放，跃下了屋顶朝黑影追去。黑影潜入了树林，树林里传来枝叶断裂的声音后，又恢复了安静，只剩下陆云起独自在树林中寻找。

这个黑影究竟是谁？为什么一而再再而三地出现？难道会和圣菲尔堡的人有关？陆云起竖耳倾听，深夜的海风刮过树枝和树叶，发出哗啦啦的声音，让人觉得草木皆兵。

忽然，他听出了风中的异动，树木的摇晃声中有枝叶断裂的声响。他攀上一棵树，透过月色看见黑影在枝叶中跳跃飞奔。他马上跃身扑了过去，将黑影扑倒在地。

黑影顺势一滚，挣脱后又爬起来奔跑，陆云起紧追不舍。渐渐地，他听见了海浪的声音。地势开阔了许多，在月光下他看清楚了这个奔跑的黑影，个子不高，但结实敏捷，黑布蒙面，由于一直背对着他，没看清楚他的眼睛。

快到海滩了，路开始变得坎坷，黑影不由放慢脚步，陆云起趁势追了上去，一把抓住了他的蒙面，用力一扯。黑影没有顾及蒙面布被撕，仍全力往前奔跑。

这时海滩上又出现了数个黑影，挡住了陆云起的去路。前边那个黑影趁机溜掉了，后边几个黑影在海滩上与陆云起连番打斗起来。仗着人多势众，那些黑影将陆云起逼回了树林。这时海风更大了，黑影越来越多，甚至到了分不清是人影还是树影的地步，黑影幢幢让人晕眩之极。忽然一声口哨，风停了，黑影消失了，他也清醒了。海滩上，除了阵阵波涛，一个人影也没有，只有灯塔里的光在闪烁。

他沮丧地望着大海许久后，无奈地往回走。掏出怀表，已是凌晨三点，还有一个多小时就天亮了，他决定回圣菲尔堡。

8
海滩

黎明前的圣菲尔堡有种近乎诡异的美。它的背后藏着什么样不为人知的秘密，没人能猜得透。他拴好马，看见大门依然紧闭，就想按照老路线爬墙返回房间。突然，他听见大门开了，便赶紧躲到了喷水池后面。一个人走了出来，动作迟缓，面无表情地顺着阶梯往下走，手里还拿着一把铲子。

这人越走越近，很快到了喷水池边，月光直接投到了他的脸上，果真是罗伯特。

罗伯特拿着铲子继续走着，绕过喷水池里的小丘比特，径直往树林的方向走去，陆云起一路紧紧跟着。今天晚上寒气蚀骨，陆云起头上的伤口还没有完全恢复，走了一会儿便感到有些晕眩，渐渐拉下了一些距离。

罗伯特一直走到海滩边的小山头。山头上有一座灯塔，他在灯塔边停下来，开始铲土，一铲一铲，非常认真，仿佛是在做一件神圣的事。海边的风很大，几乎让人站立不稳，却丝毫没影响他做事的情绪。

陆云起站在树林旁，蚀骨的寒冷在全身蔓延，让他全身几乎麻木了。几十分钟后，罗伯特的坑挖好了，拿出了一个什么东西扔了进去，开始填埋。由于光线昏暗，相距较远，看不清楚填埋的是什么，从质感上感觉比较轻柔。

海滩上起雾了，凝聚在树叶上的雾气化成水滴落了下来，滴到了陆云起的脖子上，让他感到透心的冷。他忽然醒悟了般，赶紧起身往回走。

穿过树林，便看见了黎明时分圣菲尔堡昏暗的剪影，像个巨大的怪物，正在张牙舞爪扑向他。这样的恐惧发自内心，溢于言表。他绝对没有想到这次圣菲尔堡之行，会像这样进入一个魔境。他本来是找罗伯特帮忙的，但眼前的罗伯特还是原来那个罗伯特吗？他有些怀疑。

小丘比特看着他走向了巨大的台阶，大门依然洞开着，像一张巨大的嘴在吞噬着人的精神世界。守门人还在睡觉，屋内传来了时钟的敲击声，此时是凌晨五点。

到了大厅里他才发现自己累极了，无力地倒在沙发上。

室内依然昏暗，他不想做任何事，只想让心情赶快平静下来。但就在这时，传来一个苍老的声音："陆先生，你干什么去了？"

他惊得从沙发上跳了起来。

黑暗中一个红点在闪烁，借着微弱的光线看清了是史密斯先生，他正在抽烟。

"哦，没什么，睡不着，出来走走！"

"陆先生应该走了几圈回来了吧？"

"此话从何说起？"

"哎！"史密斯先生叹了口气后将烟掐灭了，"其实你心中存在的问题，也是我的迷惑。琼斯伯爵的异常行为我早就知道了，这不是他一个人的事，而是整个琼斯家族的事。"

"我不明白你在说什么。"

"不管你明不明白，我知道你的困惑。前几天夜里你所见到的杀人景象是幻觉吗？琼斯先生梦游是幻觉吗？"

"我不明白这是为什么，但我不想管这些事，我只想做好我自己的事。"

"你会为此而离开圣菲尔堡吗？"

"我相信琼斯先生，他有他的难处，我不会因为这事而离开圣菲尔堡的！"

"谢谢，我知道你是他最好的朋友，也是最值得信任的朋友，琼斯先生现在需要你的帮助。"

"我，我能帮到什么？"

他们正说着，门口传来了脚步声。

"他回来了！"史密斯先生说。

罗伯特缓缓走了进来，身上满是露水和泥土。

"别惊动他，他不会感觉到我们的存在。"史密斯先生说。

罗伯特面无表情地向前走着，周围的一切似乎都不存在，手里依然拿着那把铲子。他来到杂物间，将铲子放下后返回了房间。

陆云起呆若木鸡。

"陆先生，你还好吗？"史密斯先生关切地问。

"哦，没什么，我太累了，我想休息下。"

"陆先生，那不打扰你了，你先休息，稍后我们再聊。"

陆云起回到房间，小松还没醒来。他换了衣服，倒在了床上，什么也不愿去想，很快便睡着了。

"威廉，怎么还不起床？"他睁开了眼睛，罗伯特已到了他的床前。

天已大亮，阳光照在罗伯特微笑的脸庞上，让人感觉极不真实。

"你怎么来了？"陆云起惊讶地问。

"你看都几点钟了，你不是答应我今天一起去骑马吗？"

"哦，我有点不舒服……"

"威廉，你怎么啦？怎么用这么奇怪的眼神看我？"

陆云起赶紧笑了笑说："看你说的，也许是伤口还没恢复吧，昨晚头疼得厉害，抱歉不能陪你骑马，也许明天就可以了。"

"是吗？可以的，但明天一定要记得。我今天还约了其他朋友，那回来再聊，晚上一起喝茶。"

"一定。"陆云起尽力使自己保持笑容。

罗伯特告辞后，他深深舒了口气。看看怀表，时间不早了，便赶紧穿好衣服洗漱，吃早餐。

这时小松告诉他史密斯先生求见。

"好的，叫他来吧！"

史密斯先生敲门进来了，他没有绕圈子，寒暄了几句后便单刀直入。

"陆先生，我们需要你的帮忙。"

"我能帮什么忙？如果真的能帮到琼斯先生，我当然愿意。"

"你知道圣菲尔堡的过去吗？"

"我不知道史密斯先生说的是哪一段过去？"

"关于安吉尔和卡翠娜的故事。"史密斯严肃地望着他说，蓝灰色的眼珠里似乎有某种期待。

"我听说过一些。"

"你不止听说过一些，你正在经历，你是当事人！"

"我不明白你的意思，百年前的事，我怎么会经历？"

"那天夜里，你不是在阁楼看见安吉尔杀死卡翠娜？"

"那只是个幻觉，我有梦游症。"

"不，那不是幻觉。卡翠娜是死了，但她的灵魂并没有离开过圣菲尔堡，她一直游荡在这里，她憎恨这里所有的人，没有人知道一百年前的一幕，只有你能看见，确切地说是你回忆起了……"

"史密斯先生，你说得太荒谬了。"

"陆先生，摸摸你的心，是不是在颤抖？自从你来到圣菲尔堡，你内心安宁过吗？卡翠娜说过，安吉尔还会回来的，你终于回来了，你一定要帮琼斯先生，帮圣菲尔堡。只有你能让卡翠娜忘了所有的恨，让琼斯家不再受折磨。"

"我……"陆云起无言了。

史密斯先生乘胜追击："陆先生，这是命中注定的，你为什么会回来，那就是为了拯救！"

"可是我能拯救什么？我都不知道到底发生了什么。"

"你应该听说过老琼斯先生与卡翠娜的故事？"

"是啊！"

"是罗伯特跟你讲的？"陆云起没有肯定也没否认，史密斯先生则继续说："你知道维克多吗？"

"你说的是那位路易十六的侍卫官？"

"显然你很清楚他是谁。"

"是啊。"

"如果我告诉你，维克多就在圣菲尔堡，你相信吗？"史密斯先生目不转睛望着陆云起。

"不可能，你说得太离谱了！"

"你在圣菲尔堡遇上的一切难道不离谱吗？你是生活在过去和现在的人，只有你才能解开笼罩在圣菲尔堡百年来的迷雾。"

"为什么说维克多在？"

"他一直就在。法国大革命爆发后，他的母亲波利纳夫人以通敌罪被处决，波利纳先生也不明不白地去世了。他离开了宫廷，来到了圣菲尔堡来找卡翠娜。他的到来掀起了轩然大波，卡翠娜要抛下安吉尔回法国，安吉尔坚决不允许。可卡翠娜坚持要走，于是安吉尔将她关在了阁楼。卡翠娜不断激怒安吉尔，终于在一个深夜，他将卡翠娜杀死了。安吉尔连夜逃离了圣菲尔堡去了东方，再也没有回来。得知消息的维克多要将卡翠娜的遗体带走，但琼斯家族不允许，他郁郁寡欢在圣菲尔堡外游荡，最后死在了此地，人们都说他的灵魂一直没有离去。"

"他的遗体葬在哪儿？"

"卡翠娜是有罪之人，是她的水性杨花造成了这出悲剧，不配进入琼斯家族的墓园，就草草葬在海边的小山坡，面对着法国，但年代久远已无处寻找。维克多不一样，他和圣菲尔堡没有关系，人们将他的遗体扔进了海里。"

"后来呢？"

"维克多死前诅咒琼斯家族的人，让琼斯家族的人生生世世得不到幸福。他做到了，他一直在你我身边，注视我们每一个人，看着我们疯狂、崩溃。"

"有什么证据证明维克多依然存在？有人说他在法国大革命期间就死了。"

"是的，我们没有证据。但昨晚你遇见了罗伯特，难道不是维克多与卡翠娜在作祟？"

"我的确无法理解，但我究竟能做什么？"

"只有你才能解开这个迷，帮帮我们吧，陆先生。"

"让我考虑考虑。"陆云起无奈地说。

"好的，你先考虑，我就不打扰你了。"史密斯先生起身告辞，走到门口又说了一句，"藏书室的门开着，要看什么书直接去那儿就是了。"

正午的阳光照在花园里，花朵折射出非真实的光，让人分不清梦幻与真实。史密斯先生每一句话都撞击着他的心房，好像这一切都在说明他曾属于这里，他就是安吉尔。

午饭后他对小松说："我到海边去走走。"

"我也去。"

"别跟着我，让我安静一下。"他说着就摔门出去了。

"这都什么人啊，脾气这么大，待在这地方正常人都变得不正常了。"小松不由地叹息。

9
困惑

他骑马到了海边，将马拴在灯塔边的栏杆上，便坐在了海边的礁石上，梳理着最近的思绪。在海风的吹拂下，他不知不觉睡着了，迷糊间听见有人在耳边轻轻呼唤："安吉尔……安吉尔……你醒醒……"

此刻他是醒着的，却无法动弹。他看见她就在身边，棕色的长发散落眼前。他想去起来，可用尽了所有力气都没用。

忽然传来了马匹剧烈的嘶鸣，他才回过神来。马儿在灯塔栏杆上用力挣扎着，一个身影一闪躲进了灯塔。

"谁？"他大声喝道。

灯塔的门开着，走进去却空无一人，只有一个旋转的楼梯，一个面对着大海的窗口。

"难道又是他？"他自言自语，以为是前晚跟踪他的黑影。

傍晚时分罗伯特回来，玩得很尽兴，看到陆云起恢复得差不多了就说："明天我们一起出去玩玩怎么样？"

"可以啊，还骑马吗？"

"你觉得呢？"

"我们出海去看看好吗？你不是说过你有一艘游艇，我真想见识见识。"

"好啊，我也这么想，那我现在就吩咐史密斯先生去准备。"罗伯特高兴地答应。

"就我们俩人一起，不要叫其他人，咱们好好在海上聊聊。"

"由我来驾船，你绝对会满意的。"

"还有，到时我也会给你一个惊喜。"

"什么样的惊喜？"

"保密！"

"那我期待着。"

他们谈完话，罗伯特便去安排明天出海的事了。

罗伯特走后，陆云起将小松喊过来耳语了几句，小松点了点头后转身离去。

一切安顿好后，陆云起小息了会儿，零点钟声响过，他又爬了起来，迅速穿好衣服，从窗口爬了出去，向贝克牧师家奔去。

贝克先生在书房里看书，等了许久未见陆云起，便想休息了，刚脱了外套便听见一阵急促的敲门声，赶紧起身开门。

"我一直在倾听你的马蹄声，今天怎么走路过来？"

陆云起站在门口向四周张望，做了一个安静的手势。

"我们进屋再说。"

到了书房后贝克牧师问："你是害怕有人窃听？"

"是的，窃听者无所不在！"

"你不骑马过来是为了保持行踪的秘密性？"

"可以这么说吧，但这也并不能保证安全，也许窃听者就在窗外。"

陆云起说着打开窗户，朝外边看了看，今天的窗外似乎非常安静。

"你知道昨天的窃听者来自何处？"贝克牧师问。

"不，我不知道，我不知道是什么人在关心我们的谈话，我想应该与前天夜里袭击我的人是一伙的。"

"我也是这么觉得，但是他们为什么要袭击你，为什么要窃听我们的谈话？"

"难道也是为了圣菲尔堡？"

"不，我认为不会这么简单，陆先生，你能告诉我，你的真实身份和来圣菲尔堡的真实目的吗？"

"我的确是因公务来英国，与罗伯特间的关系不仅是私人关系，还存在公务上的关系。"

"你们的事情涉及第三人或者第三国吗？"

"的确是涉及到了，但现在不方便说，我和罗伯特约好了，明天我们会在他的游艇上谈一些事，我想那样会安全点。"

"你不想说，我也就不问了。"

"我们继续昨天的话题吧！"陆云起说，"昨天你说到安吉尔和卡翠娜在逃亡路上遭受了一些变故，究竟是什么变故？"

"具体情况谁也不清楚，根据阿黛尔从卡翠娜那里了解，维克多一路追击到了圣雷米斯酒庄，杀了酒庄的主人约瑟夫先生。安吉尔带着卡翠娜在下雪的深夜仓皇出逃，隐匿于山中，一度旧病复发，几乎丧命于逃亡中，幸得隐居山中的一位老人帮助，才顺利回到了圣菲尔堡。"

"有人说，维克多一直是安吉尔内心的阴影，总也摆脱不了！"

"你怎么会知道？"

"哦，圣菲尔堡的史密斯先生说的。"

"哦！"

"可事实真的是这样吗？"

"这正是关键所在，安吉尔回到圣菲尔堡后不久就发现了维克多，他要夺回卡翠娜，带她回法国！可是谁也没真的看见过维克多。维克多真的到了圣菲尔堡吗？只有阿黛尔知道，维克多不可能来。巴黎发生大革命后，他父母相继去世，维克多在家里自杀身亡了。"

"也就是说安吉尔不可能看见维克多，那么安吉尔一直说在圣菲尔堡看见的维克多究竟是谁？难道是鬼魂？"

"如果没有别的解释，那只能这么说了！"

陆云起不禁打了个寒颤。

"那么，在圣雷米斯遭遇到的维克多，真的是维克多吗？"

"这谁也不知道了，因为维克多那时还活着。"

"哦！"

陆云起木然地看着贝克牧师，眼中满是迷惑。

沉默了一会儿，贝克牧师问："你怎么呢？是不是太累了，先休息下吧！"

"没有，只是心里有些乱，我想我还是先回去。清晨还得和罗伯特出海。"

"我们改天再聊！"

他们站了起来走到门口，发现短短的时间，门外已是浓雾弥漫，像无所不在的白色幽灵。

"夜这么深了，路上小心点。"

"没关系的，谢谢！"

陆云起转身没入了茫茫夜色中，贝克牧师看着陆云起远去的背影，不由地点点头。

10
出海

离圣菲尔堡大约三英里处有一个小渔港，罗伯特的游艇白鸽号就停泊在这里。为什么要叫白鸽号？是因为这艘白色的游艇有着两面大的风帆，航行起来就像飞翔中的鸽子。

这艘游艇是罗伯特前年订购的，装备了当时最先进的设备，简直就是一座漂浮在水上的别墅，舒适便捷。到了夏天，他总是请来亲朋好友，一起出海游玩，不过今年夏天它还没有过处女航。

早上的雾气很大，他们一直等到了十一点雾气散了才启航。这一次航行就只有他们两个人，由罗伯特亲自驾驶。

不久，阳光就穿透薄雾照射到了游艇和海面上。放眼望去，大西洋湛蓝无垠，碧空万里。远山的浅草如烟飘渺，俭朴的农家石屋依山临海，深陷树林中，好一幅远离尘嚣美景图。

"康沃尔的风景真美！"陆云起不禁赞叹。

"在耶鲁的时候，我不是给你看过许多圣菲尔堡及其附近的绘画明信片吗？那时你就赞叹不止。"

"比当年在明信片上见到的风景更美。"

"有个传说，在夏夜的时候出来航行，会听见美人鱼唱歌。"

"真的吗？那么说这附近的海里生活着美人鱼？"

"只要你用心，一定会看见的。"

"呵呵，我会用心看的。"

陆云起说着走出驾驶舱，来到游艇前端，忽然发现有动静，便绕道顺着梯子爬到顶上去察看，却什么也没看见。他微微一笑，迅速从艇顶跃下，抬头一看，一个黑衣人倒挂在艇檐下。他伸手去抓黑衣人，谁知黑衣人也分外敏捷，一个跟斗翻下来，向艇尾逃去。他箭步直追，在船尾护栏边揪住了黑衣人。几番打斗，黑衣人不敌陆云起，被撕下了面罩。

"果然是你，布朗！"陆云起小声说。

原来黑衣人就是陆云起的同学渡边康雄，英文名布朗。渡边趁陆云起一时分神，转身挣脱，翻过护栏跳入了大海。

眼看渡边就要逃走了，陆云起不急不忙地拿出一张大渔网撒了出去，将刚入水的渡边罩了个结实。

正在驾驶游艇的罗伯特听见舱外一片嘈杂声，不知道发生了什么，便大声喊道："威廉，威廉，你在干什么？"

见没有回音，便关掉马达出来看看发生了什么，正好看见陆云起满面笑容地向他走来。

"你刚才在干什么？"

"没什么，你记得昨晚上我说过，今天要给你惊喜吗？"

"记得，我刚还在想，你究竟要给我什么样的一个惊喜？"

"等会儿，惊喜正在休息舱内。"

"你笑得好奇怪，别弄得神神秘秘的，快给我看吧！"

"如果我带了一个人上了艇，你不会介意吧？"

"看你带的是什么人了。"

"好了，去揭开谜底吧！"

陆云起说着便和罗伯特一起走到了休息舱门口，陆云起从兜里掏出钥匙在罗伯特面前晃了晃，然后打开了门。

刚换好衣服的渡边出现在罗伯特的面前。

"布朗！"罗伯特惊讶地喊。

"是个惊喜吗？"渡边问。

"的确是惊喜，没想到我们三个人会在这里重逢！"

"哦，我去威尔士有事，路过康沃尔，昨天本想探望你，没想昨天在路上遇见了威廉，真是太意外了，威廉说你出去有事了，不如今天给你一个惊喜。"渡边说。

"那我们还站在这里干什么，大家一起上去看风景聊天啊！"陆云起说。

"是啊，是啊，你看都中午了，我们带了一些美食和红酒，不如我们一边品酒一边聊天吧！"罗伯特很高兴。

上到甲板，一起席地而坐，几杯红酒下肚，心绪一下子就回到了十多年前，少年意气奋发，谈天说地，似乎置身于尘世之外。

时间过得很快，转眼就到了下午，也许是话说得太多，罗伯特忽说有点困便到休息室去小息了。

只剩下渡边和陆云起，少了一个人风云马上变幻。渡边不服气地说道："威廉，你还是那么狡猾。"

"我可没你狡猾，你老实说，到底跟踪我多久了？"

"也就两次，每次都差点被你抓着了。"

"你当我还是傻子啊，在玛丽公主号上呢？在伦敦呢？虽然我没看见你的身影，可我知道你不是一个人，你们是一群人！"

"我们都是代表各自国家的利益，我并没对你做什么过分的事情！"

"没有什么过分的事情，你看看这是什么？"陆云起指着自己头上尚未完全愈合的伤口说。

"天啦！威廉，你这是怎么呢？我可下不了这么狠的手！"渡边大惊小怪地说。

"你别装了！"

"你每天晚上都在梦游，老往不该的地方走，哪能不受伤！"

"我每天梦游？你真不打自招了，那么说你每天都在跟踪我，你到底知道多少？"

"安吉尔，我觉得你一直在梦中还未醒来。"渡边得意地笑着说。

陆云起听到此话，严厉地说："公务归公务，私事归私事，你别瞎掺和，今天我给你留面子，别惹火了我，我让你在英国待不下去。"

"陆先生，干嘛这么大的火气？我做事自有分寸。"

他们针锋相对地说了会儿，罗伯特小息回来了，他们又赶紧换了笑脸，谈天说地。到了黄昏，他们决定返航。渡边陪着罗伯特在驾驶舱继续聊，陆云起则独自站在舱外看黄昏的港湾。当游艇路过圣菲尔堡旁的树林时，远远看见崖壁上的灯塔亮起了灯，还有一个人影在窗口晃动。忽然，飘来了一阵隐约而悠扬的歌声，那歌声似乎从大海深处传来，又似乎是从圣菲尔堡的方向越过灯塔而来的。

难道是传说中的美人鱼在唱歌，不，这旋律是这样熟悉，仿佛是来自内心深处的一首老歌。

"威廉，你在那儿想什么？"罗伯特问。

"哦，我在听美人鱼唱歌！"他回答。

渡边在圣菲尔堡吃过晚饭就告辞了，虽然罗伯特和陆云起一再挽留，但渡边借口在镇上的酒店还有同行人员，必须要回去。罗伯特便派出马车将他送到了镇上。

"威廉，你安排的事总会让我意外！"

"是吗？希望你能感到愉快。"

"原以为你与渡边之间势同水火，今天能这么融洽在一起我很高兴。本以为你会和我单独谈谈关于公务上的事，怎么好像不怎么提了。"

"我们之间，包括渡边，可能因角度不同，对问题的看法上有所不同，但我相信不会影响我们的交往。有些事情我的确想和你单独聊聊，但是却不知道该从何处说起。"

正说着，树林里的夜莺又开始唱歌了，歌声与海上听见的旋律如此相似，让陆云起不由地四处张望。

"为什么不知道从何处说起？"

此时陆云起的思绪已到了别处，他没有回答。

"你怎么啦，威廉？"

"没什么，你有没有听见有人在唱歌，时而在树林的那头，时而就在走廊里，可我怎么也找不到源头。"

罗伯特的眼神霎时被恐惧所笼罩，说："不会的，那是夜莺在叫。"

"可夜莺不会在走廊里叫，也不会在圣菲尔堡里唱啊。"

"威廉，你到底想说什么？"罗伯特的声音颤抖，看得出他的内心非常脆弱。

"我突然想起了安吉尔和卡翠娜。"

"不，你不要和我说这些。"罗伯特大声喊叫。

"但是罗伯特，这是需要面对的问题啊。"

"不，这只是一个传说！你不要来管这事，这不关你的事。"

"这是逃避不了的，罗伯特。如果连我都感觉有问题，难道你能避而不谈吗？"

"那怎么办？"罗伯特六神无主地望着陆云起。

"你知道你昨晚梦游了吗？"

"你为什么要和我说这些？"

"我觉得有这个责任帮助你，把我听到、见到、感受到的一切都告诉你，我们一起来克服这个困难。"

"谢谢，但我真的不知该怎么办，为此我失去了祖母，失去了母亲，这一直是我不愿提及的事。"罗伯特说着，眼眶涌出了泪水。

此情此景，陆云起也无语了。

他本想将渡边的事暂放一段时间，聊聊让彼此发狂、心神不宁的事情，希望罗伯特能配合找到解决的方法，却没想到罗伯特对此事如此抗拒。

远处树林里的夜莺停止了歌唱，沉默令人压抑。

"别谈这些了好吗？"罗伯特说。

他是在刻意回避，从少年时代起他就被这样沉重的现实压得喘不过气来，就算面对又能如何？

"但是罗伯特，你这样消极面对，对海伦不公平。"

"不！"罗伯特突然怒吼着，"你不要管我的事，你凭什么管我的事，你找我只是来管这些事吗？你到底想干什么？"

罗伯特的喊叫惊动了外边的人，仆人赶紧喊来了海伦。海伦赶到后，罗伯特仍然心绪不平地说："是的，我害怕，我懦弱，可你们谁知道我的痛苦……"

"亲爱的，你别这样，有我和你在一起。"海伦走过去握住他的手。

"不，你也走开，谁都知道我是魔鬼。"罗伯特甩开她的手。

海伦看了陆云起问："你到底和他说什么了？"

"没什么，我只是和他聊了一下圣菲尔堡的往事。"

罗伯特愤怒地望着他们，然后从沙发上站起来走了。

"真对不起，他经常这样失控！"海伦说。

"没什么，也许怪我不该提安吉尔，你提醒过我的，安吉尔在圣菲尔堡是禁忌。"陆云起报以歉意。

本来是愉快的一天，却以沉重告终。

11

灯塔

　　不知道睡了多久，罗伯特醒了，此时圣菲尔堡已陷入了午夜的寂静，只有夜莺仍在歌唱。他坐了起来特意仔细倾听，这歌声似乎真的不是从外边传来，而在门外的走廊。他悄悄过去打开门，歌声却消失了，只有墙上的画像在望着他。

　　他回到了房间，回忆起刚才发生的事，后悔自己不应该对陆云起这么大声吼叫，何况人家的确是在关心自己。他想道个歉，但是这么晚了不知道他睡了没有。

　　门外有人在走路，这是谁？在这个深夜？

　　他起身将门打开，竟然是陆云起，月光透过门窗照在他的脸上，苍白而陌生。看见他出来，便拉起他的手往楼下走，到杂物间拉了一把锤子。看门人惊讶地看着他们，但没有阻拦。

　　他不知道发生了什么，却不敢去惊动陆云起。他记起了晚饭后，陆云起问过自己是否记得梦游，但现在自己确实不是在梦游，他很清醒。

　　到了庭院，绕过喷水池，他感到害怕，想挣脱陆云起的手，又不由自主地随着陆云起向前走。

　　他们来到了树林，不知道为什么，夜莺不叫了，猫头鹰也不叫了，除了隐约传来的海浪声，空气沉默得令人疯狂。雾色渐浓，星光和月色都被遮掩了，只有阵阵涛声让人感到现实的存在。

　　他们到了海边，阵阵海涛声拍击着岩石，发出了震耳欲聋的声响。他抬头看见了雾色中一盏微弱的灯，忽闪忽闪的。陆云起一路上都没说话，只是在快步行走，直到灯塔下才停住。

　　罗伯特对这个灯塔非常熟悉，自小就在这儿玩。灯塔已有一百多年的历史了，由青石修建而成，顶端有一盏不是很明亮的灯在指引着来往的船只。灯塔没有专门的人守着。

在木门前，陆云起松开了他的手，抢起大锤子将门砸了，只有两下，木门便彻底碎了。罗伯特内心的恐惧已被好奇心所代替，跟着陆云起走了进去，陆云起站在墙边又抢锤子砸起来。

巨大的声音在夜空中回荡，石块在四处飞舞，突然破绽处出现了一个空间，里面藏着一个女人，面色苍白，眼神呆滞看着前方，好像死了般。

"啊……！"

他忍不住尖叫起来，转身而逃，疯狂地往回跑。月亮不知道什么时候躲进了云层中，到处一片漆黑。他在树林里迷失了方向，巨大的恐惧让他不知所措。

不知道转了多久，月亮露出了一小点，模糊中他看见了水池中丘比特将箭正对着他，原来到家门口了。又累又困的他眼前一黑失去了知觉。

就在同时，小松被一阵动静所惊醒。借着月光，他悄悄起来察看，发现陆云起房间的门开着，床上空空如也。房间外有着轻微而杂乱的脚步声，小松透过锁孔看见有人在走廊里活动。史密斯先生端着蜡烛，后边两个黑衣人抬着一个人向三楼走去。由于光线太暗，只能看个大概，但他可以肯定两个黑衣人是东亚人。圣菲尔堡怎么会有东亚人？在英格兰乡间要见到除了他们以外的东亚人近乎不可能。小松正纳闷着，他们已消失在了黑暗的楼道中。

不一会儿，门外又传来了脚步声，这是陆云起的脚步声，小松听得出来。果然没多久，陆云起推开了门走进房间，接着传来了沉睡的鼾声。

罗伯特在清晨被鸣叫声唤醒，发现自己穿着整洁的睡衣躺在床上，阳光温柔地照在窗前，仿佛什么事都没发生过，可闭上眼睛依然可见飞溅的石块和无名女尸的双眼，他大喊一声坐了起来。

他的仆人听见罗伯特的喊叫声赶紧推门而入。

"海伦在哪？帮我叫海伦过来。"他喘着气说。

不一会儿，海伦急匆匆地过来了。

"海伦，我做了一个奇怪的梦。"

"一个梦而已，别这么紧张！"

"不，这个梦简直像真的一样，太可怕了。在梦中威廉带我去了海边的灯塔里，威廉将灯塔的墙壁砸了，里面有一具可怕的女尸！"

"亲爱的，这只是一个梦，没什么值得害怕的。"

"可我怀疑这不只是一个梦，它的细节是如此清晰，就像刚刚发生过的一样！"

"罗伯特，这是一个梦，昨天我看见你睡着的。"

"威廉呢？他在哪儿？"

"他就在外边！"

罗伯特从床上下来，走到窗前，看见陆云起正在花园慢跑，神定气闲，仿佛什么事也没发生过。

"难道真的只是个梦？可他的表情我都记得那么清楚。"他自言自语。

"亲爱的，不要老想这事了，想点别的吧。"海伦建议。

"不，我得去海边看看。"

他说着便马上洗漱更衣，携着海伦出门了。在大门口又遇上了陆云起，他跑了过来和他们打招呼："这么早，到哪儿去？"

"没什么，我陪海伦随便散散步。"

"昨天的事你没介意吧？"

"什么事？"

"在会客室里看见你有些生气了，我一直很担心，也许我昨晚不该说那些话，真对不起。"

"哦，没事了，是我太敏感了！"

"没事就好！"

"我先走走，待会儿我们再聊。"

摆脱了陆云起，他们继续向前走，穿过树林，不一会儿就到了海边。清晨的海边已恢复了它应有的美丽，满坡的紫红石楠花，恰似一块漫无边际的厚重绣毯在海边铺展开来。白色的灯塔树立在花丛中，如此温情烂漫，丝毫与昨夜的阴森恐怖联系不上。

灯塔的门依然完好无损地锁着，透过缝隙，他看见里面的墙体也没有任何的破损，至于女尸更是没影儿的事。

"原来我真的是在做梦。"

"现在应该没事了吧？"

"但我总觉得威廉有点不对头，最近总有点神神秘秘的。"

"那是你多心了，威廉是个很好的人，十几年的朋友都不相信吗？他昨晚和你谈的那些话并没有什么不对，他是在关心你。"

"海伦，我们结婚就离开圣菲尔堡吧，我想去法国南部长住！"

"可你舍得圣菲尔堡吗？"

罗伯特无法回答，圣菲尔堡是他家，他怎么能放得下，但是太多的痛苦记忆让他无法继续住在这里。

夜晚，罗伯特在房间里等待史密斯先生，经过海伦的安抚，心情已基本平复。他决定过几天同海伦、陆云起去趟伦敦，一是帮助陆云起拜访些军政界的要人；二是会见海伦在伦敦的亲人，将结婚的事定下来。

史密斯先生过来后，他将一些准备工作向他交代了。交代完后，史密斯先生并没有离去，而是支支吾吾似乎有话要说。

"你怎么了？有什么事情就说啊！"

"先生，是这样的，关于陆先生的一些事，我不知道该不该说。"

"关于威廉的事？什么事？你说吧！"

"先生，这几天晚上我总觉得陆先生的行踪神秘兮兮的，不知道究竟在干些什么？"

"怎么个神秘兮兮法？你究竟看见了什么？"

"他总是在深更半夜溜出圣菲尔堡，凌晨时分才回来，我也不明白他出去干什么。"

"他怎么出去的，看门人难道不知道？"

"先生，他总是从窗口爬出去，然后去了海边。"听说了陆云起深夜去海边，罗伯特忽地一惊，摇了摇头说："不可能，这太荒谬！"

"先生，你不相信，今晚可仔细观察。"

"不，我不相信这是真的，这不是真的……"

午夜时分，陆云起又爬上了房间的窗户，沿着外墙的砖块，翻身来到了庭院，然后朝树林方向奔去。罗伯特站在窗前，看着陆云起远去的背影，表情极为复杂，身体控制不住地抖了起来。

"先生，你还好吧？"史密斯先生赶紧扶住他。

"你先出去吧，让我安静安静。"

史密斯先生退出后，罗伯特赶紧抓过一张羊毛毯将全身包裹起来，却仍然抵挡不住凉意的阵阵袭来。

12
雾色

这两天陆云起没有过来，贝克牧师也没有再去等待，夜晚就早早睡了。这天刚睡下不久，就听见了敲门声。

陆云起已到了门口。

"陆先生，你的面色好像不太好。"

"你知道我心里着急，我有种感觉，事情正在失去控制。"

"你能够做到的，我相信你，你本来就是安吉尔。"

"贝克先生，您不要再这样说，如果我真的是安吉尔，为什么会这样不知所措？圣菲尔堡究竟发生了什么，我一无所知，你能告诉我吗？"

"陆先生，我理解你现在的心情，但你太急躁了，如果你在圣菲尔堡待一段时间你会发现的。"

"可是我有我的工作和责任，我没有那么多的时间。"

"孩子，你好像遇上难题了，说给我听听吧，也许我能够帮助你。"

"我发觉罗伯特在延续琼斯家族的悲剧，似乎谁也不能阻止他滑向深渊，昨天夜里我曾试图和他沟通，但几乎没什么作用。他的反应极为强烈。"

"哎，这事我也不知道该怎么办。"

"卡翠娜和安吉尔在逃亡路上究竟发生了什么？"

"我真的无从了解发生了什么，很多事情只能靠猜测，我无法找到切实的证据，也找不到好头绪，你让我梳理梳理，也许适当的时候能找到答案。"

"那好，先生。我该回圣菲尔堡了，太频繁的出入会引起别人的怀疑，那我先告辞了。"

贝克牧师点着头将陆云起送到门外，看着他远去后，回到书房翻出他多年对琼斯家族的调查笔记。笔记上有他多年来从康沃尔、伦敦再到法国、印度的记录，他不知道应不应该和陆云起说，他曾以为陆云起的出现会是一缕曙光，可峰回路转，一切都依然在迷雾之中。

用完早餐后，有仆人来报说罗伯特在客厅等候陆云起。陆云起立刻整理好衣服下楼，远远看见罗伯特在客厅里走来走去，显得有些不安。

　　"罗伯特，今天有什么安排吗？"陆云起走了过去问。

　　"先陪我去海边走走好吗？我有些话和你说。"罗伯特抬起头。

　　这天夜里罗伯特一夜未睡，站在窗口直到陆云起凌晨回到圣菲尔堡。

　　陆云起点了点头，便随着罗伯特往外走去。

　　"你显得有些憔悴，晚上没睡好吗？"

　　"是的，有些事情在心里，睡不着。"

　　"过几天，我将和海伦去一趟伦敦，和海伦家人讨论下我们的婚礼。"

　　"是吗？什么时候走？"

　　"也许后天吧，你也跟我们一起去吧，你不正想见见莱顿爵士吗？还有一些你想见的官员我都可以帮你引见。"

　　"谢谢，但是……"

　　"怎么，威廉，你好像有些不情愿？"

　　"没有，我非常高兴能与你同行。"

　　"好的，那就这样！明天你收拾一下，后天我们就出发。"

　　他们到了海边，罗伯特登上了小山头，走到灯塔边上，抚摸着塔身上的砖块说："前天晚上我做了个奇怪的梦，在梦中我和你到了这个灯塔里，你将这里的墙壁砸了，你从这里边挖出了一具女尸！"

　　陆云起大吃一惊，问道："你怎么会做这样的梦？"

　　"怎么啦？威廉，我只是说做了这样一个奇怪的梦，你好像很在意。"

“我好像也做过同样一个梦。”

“听说你有时会梦游？”

“我不知道是否真的和你来过，但我觉得对这里很熟悉，还有这灯塔，它总是出现在我的梦中。”

“看你说得疑神疑鬼的。”

“也许我说得是离奇，但我说的都是真的。我有种感觉，我对这的一切都很熟悉！”

“威廉，我觉得你和原来不一样了。”

“哦，怎么会？”

“你总是心事重重！”

“没什么，我是在想我工作上的事。”

“不用担心，一切我都会安排好的。”

“我知道，可是……”陆云起欲言又止。

“别想太多了，好好休息，我约了朋友下午要出去，我们先回吧！晚上我们再研究去伦敦的事。”

“哦，好的。”

能和罗伯特去伦敦是件高兴的事，也是听他一直期待的，可不知道为什么陆云起怎么也兴奋不起来，午后他闷闷不乐地回来到房间。

“昨晚又遇见了奇怪事儿……”小松说。

陆云起打断了他的话说：“别什么奇奇怪怪的，后天我们就走了！你快去整理行李吧。”

听说就要离开这了，小松很高兴。

“真的啊！早就想离开这鬼地方了，那我收拾东西去了。”

“你刚跟我说什么来着？”

“老爷，你这几天晚上是不是又梦游了？”

第二章 隐藏在时光中的秘密

"什么梦游？别胡说了，昨晚我自个出去了，我神智很清楚。"

"前天晚上呢？"

"前天晚上我睡得好好的，更加没什么。"

小松拿出他全是泥水的衣服说："你看，不是在外边折腾会有这么脏吗？这是你昨天凌晨换下的衣物。"

小松说完收拾东西去了，将要离开圣菲尔堡让他心情舒畅，只留下陆云起呆若木鸡地望着他的背影。

前晚到底发生了什么，他丝毫没了记忆。想起刚才罗伯特说起奇怪的梦，他顺着这个线索回忆，但什么也没有找到。

"是她，还是她……"他自言自语，"我得去找找她。"

他说着便下楼准备去海边，此时整个宅子陷入午后的沉睡中，尽管他蹑手蹑脚地走着，但还是惊动了一个人。

"陆先生，你去哪儿？"史密斯先生的声音。他坐在客厅的沙发上，神情古怪地望着他。

"没什么，心情很乱，想出去走走。"

史密斯先生站了起来，走到了陆云起身边问道："你后天要走了吗？"

"是啊。"

"你为什么心乱？难道你心里有舍弃不下的事？"

他无法回答。

"我知道你在想什么，你跟我来吧。"史密斯先生拉住他的胳膊示意跟他走。

陆云起迷惑地跟着他，不知道要带他去向何方。他们上了二楼，三楼，走过藏书室，一直走到了最里面的小木门前。推开小木门后，史密斯先生拿出一把钥匙将锁着的小木门打开。

阳光透过玻璃照在走廊上，墙上的油画依然挂在那儿。

"是她！"陆云起不禁脱口而出，不过他发现油画上的女人有些不一样，似乎脸色惨白，头发凌乱，两眼无神地望着他。

"你知道她是谁？"史密斯先生问。

"卡翠娜，她是藏在灯塔石墙内的女人！"

"是的，她就是卡翠娜，他是你的夫人。安吉尔，是你把她砌进了海边灯塔的石墙里，你现在又回来了，你必须去拯救她。"史密斯先生意味深长地说。

"我真的不知道该怎么办。"

"维克多在望着你，他就在周围，你不做，他就要彻底毁灭圣菲尔堡。"

陆云起望了望四周，却没有看见任何人的影子。史密斯先生盯着他，眼中充满了鄙视。

"可我真的不知道该怎么办！"

史密斯先生将另一扇门打开说："我想当年安吉尔和卡翠娜的旧物应该能让你回忆起往事。"

昏暗的杂物间里凌乱地放着许多东西，有旧的衣物、书籍、画片和记事本……虽有遥远的感觉，却能感到往日的奢华。地上有几个本子，他拾起一本，本子扉页上签着名："安吉尔"。那是安吉尔的日记本，里边详细记着他的日常生活。一封信从书上掉了下来。

亲爱的卡翠娜：

当你收到我的信时，我已在返回巴黎的路上了。今天下午我回到圣菲尔堡看见了安德烈给我的信，了解到我离开巴黎以后发生的事情，就迫不急待地给你回信……

13
日记

信读到这儿读不下去了，一滴泪水落在了信纸上。

"陆先生，你哭了？"

"难道这一切都是真的？！"

"是的，这一切都是真的！"

"你为什么要这样做？"

"为了罗伯特，我不打扰你了，你先慢慢看，我在外边等着你。"

史密斯先生退出去了，空旷而杂乱的房间里只剩下了陆云起一个人。他找一个稍微整洁的地方坐下，拿起刚才那本日记静下心来仔细阅读起来。

1788 年 10 日 28 日

今天可以说是一个纪念日，并不是说到了辉煌的凡尔赛宫，也不是见到了国王和王后陛下，而是见到了一位美丽可爱的姑娘。这位姑娘名叫卡翠娜，但是我可能永远也无法得到她，她是维克多的未婚妻，维克多权倾巴黎的母亲可是什么事都做得出来的。

夜里翻来覆去睡不着，写下的都是一个名字：卡翠娜。

1788 年 10 月 29 日

今天终于打听到了卡翠娜是葡萄酒商人诺曼的女儿，诺曼男爵我见过一次，在什么地方见的我不记得了。他不过是用钱买了一个爵位的暴发户，不值得来往，但从今天起，我要寻找一切机会与诺曼男爵建立往来关系，为了卡翠娜。

他一页页地翻阅着，百年前所发生的一幕幕展现在了眼前。

虽然日记记叙的并不是很详细，但与贝克牧师讲述的差距不大。手里这本日记记载的都是他们在巴黎相遇时的事情，大概到安吉尔去西班牙办事后回到圣菲尔堡结束。

日记最后一篇是这么写的：

1788 年 12 月 21 日

明天就要出发了，可窗外依然在下雪，我不知道这一路过去结果会怎么样，可我不得不这样去做，为了我自己，也为了卡翠娜。

最近常在睡梦中惊醒，总觉得有人要扼杀我的爱情。有些往事像幽灵一样在梦中徘徊，有时候仔细想，我这样的人配得上这样纯洁无瑕的爱吗？我不知道……

但愿主能保佑我战胜所有困难，如果我能做完这件事，我将别无所求，将终身献给万能的主。

陆云起合上日记本巡视这个房间，房间里的物品摆放得非常凌乱，上面覆盖着厚厚的灰尘。琼斯家一些过期的书信物品都放在这里。他想找安吉尔其他的日记，却又不知道从何处下手。于是随手拿开一些物品，见地上散落着一些记事本就拾起来，一一将其整理好，终于发现了他需要的一些书信资料。有部分是在印度时期的日记，他拿起一本随便翻了翻，似乎没有特别值得一读的东西。他没有发现记载安吉尔在印度最后一段时光的日记本，不知道是遗失了，还是当时就没有写。

他在角落的一个柜子里找到了他们逃亡路上的日记，时间是从 1789 年 1 月 11 日开始的。

1789 年 1 月 11 日

也许从今天开始，我的生命就不再只属于我和父母，也属于卡翠娜。长久以来我对诺曼男爵有偏见，但这次能脱险真得感谢男爵。

我不记得我们怎样从巴黎逃出来的，关于我在巴黎昏迷不醒、数次被死神召唤这些事我都一无所知，醒来时已在波尔多的圣雷米斯酒庄。能在醒来的时候看见卡翠娜，让我相信一直有天使在眷顾我们。卡翠娜给我讲述了这几天所发生的事情，看到她泣不成声，我真的感到很愧疚。

下午约瑟夫先生来看望了我们，在他的陪同下参观了圣雷米斯酒庄。尽管是冬天，酒庄却没有丝毫萧条的景象，工人依然在忙碌着。约瑟夫今年五十二岁，是一个和蔼健谈的人，他与男爵先生有二十多年的交往，相信他不会出卖我们。

圣雷米斯真的很美，但愿我的身体能及早恢复，及早启程，早日回到圣菲尔堡。

1789 年 1 月 12 日

午后我和卡翠娜去找约瑟夫先生，问什么时候能越过比利牛斯山到达西班牙。约瑟夫先生告诉我，他当年和男爵常常顺着这条路将葡萄酒运到西班牙，但现在西班牙的葡萄酒业也发展起来了，所以很多年没有走这条路了。不过依照多年的经验，知道现在要合法出境很难，又是冬天，大雪可能将山给封了。他说最好在这儿待一段时间，到天气好转点，他会派人来送我们过边境。

我问约瑟夫先生什么时候天气能好转？他说这没有定数，也许要一个月，或许更久一点。一般二月底三月初的时候就差不多了。

看样子我得在圣雷米斯待上一段时间。不过这没有关系，有卡翠娜陪着我，内心总是充实的。现在卡翠娜睡着了，我发现她瘦了许多，这些日子也是太难为她了，她还是一个小女孩呢。

我又仔细看了看她，真的很美。

1789 年 1 月 13 日

中午和约瑟夫先生一起吃饭，他拿出库藏的极品葡萄酒向我们介绍，说这样窖藏一百年的葡萄酒都藏在他的酒窖里，卡翠娜听了很兴奋，一定要去酒窖里参观，所以约瑟夫先生就带着我们去了。

酒窖位于酿酒坊的地下，里边全是成排的大酒桶和小酒瓶，弥漫着泥土的腥味，腐木的霉味。到了里面，我非常不舒服，觉得有人在跟踪我们，我还看见在我们身后不远处的微弱灯光。我回过头看，可跟踪我们的人好像在捉迷藏。我走着走着就弄不清方向了，约瑟夫先生和卡翠娜也不见了，我的感觉越来越难受，就晕倒了。

醒来后发现自己躺在床上，卡翠娜给我喝了一些水才渐渐恢复。我告诉约瑟夫先生我在酒窖里看见了人，他们跟在我们后边，后来感觉特别闷就晕倒了。约瑟夫先生告诉我可能是由于我的身体未完全恢复，再加上酒窖内缺氧导致了一些幻觉和晕眩，这都是正常的现象，休息一会儿就好了。

可我总觉得不可能那么简单，我是军人，职业的敏感让我感觉圣雷米斯并不安全。约瑟夫先生说，我们到达圣雷米斯是秘密的，巴黎方面绝不会有人知道，可这事谁能说得清。卡翠娜也说我太多心了，不要那么疑神疑鬼。

夜深了，我不想睡，我得随时保持警惕。

1789 年 1 月 14 日

我真的有点不知道该怎么办了，卡翠娜睡着了，不知道是否应该将她叫醒。不出我所料，维克多已经发现了我们的藏身之所。约瑟夫先生当然不愿意相信，他总相信圣雷米斯是安全的，我刚从约瑟夫先生居住处出来，维克多的人一直在路上跟踪我们，他们可能随时都会有行动，我得想想该怎么办，不能让自己先乱了方寸。

卡翠娜睡得真熟，她睡着的时候很可爱，我真不忍心叫醒她，也不想让她害怕担心。我们相识这么久了，一直没能让她过上平稳的生活，我真应该感到愧疚。

不过，希望她能相信爱她是我这一生的使命，就算付出生命也在所不惜。

亲爱的，你再睡一会儿！也许呆会儿我们就要行动了。

关于在圣雷米斯的记载到这里就结束了，翻过后页已是三天后了，这三天他们干什么去了？

陆云起只有接着往下看。

1789 年 1 月 17 日

我真的那么脆弱了吗？怎么又昏睡这么久？还好我终于挺过来了，就像穿过了一条漫长又黑暗的隧道，在隧道的那一头我看见了光芒，卡翠娜正在光芒的中央。

卡翠娜告诉我，我昏睡了两天两夜，现在刚刚醒来。看着卡翠娜流泪的双眼，我真不知道该说什么。我环顾四周，发现我们现在居住的是一个小石屋，虽然简陋，但非常整洁。

我们到底在经历怎么样的一种苦难啊！

三天前的夜里，我走出在圣雷米斯的房间，发现人来人往的走廊里寂静无声，只有北风呼啸。好一个月圆之夜，将酒庄的冬夜照耀得如此美丽、荒凉，让人怀疑白天所见的繁荣与鼎盛是一个幻觉。一路上空寂无人，所能看见的只有自己和月光下长长的影子。我不知道究竟发生了什么，只听见酒窖那边有人窃窃私语，于是我向那边走去。

不出我所料，维克多来了。他将约瑟夫先生杀了，还有其他的人也死了，血从酒窖里流了出来，散发出新鲜的血腥味。我听见维克多在笑，充满了胜利者的笑声。大火也起来了，他们放火烧了圣雷米斯。整个庄园都在燃烧，房子在燃烧，葡萄架也在燃烧。我找到了一匹马，将卡翠娜从房间里抱了出来。灾难已经来临，可她还在睡觉，我怎么能忍心将她叫醒。当我们骑着马奔出圣雷米斯时，卡翠娜醒了，她问我怎么啦？我让她看看后边的圣雷米斯，此时冲天的火光将天空渲染得如此绚丽，似乎在掩盖维克多的罪恶。卡翠娜吓坏了，我们加鞭快马狂奔了一夜才将维克多一伙甩脱。

我们顺着吉洪特河往下走，再翻过比利牛斯山便是西班牙，我想上帝会保佑我们直到西班牙！黎明前我们进入了山区，但天空下起了雪，气温变得格外低，前方的道路也变得非常崎岖，除了风声，四周空寂无声。数小时来的狂奔让人极度疲乏。雪越下越大，让人感到彻骨的寒冷。

我不断祈祷着天快亮，但天亮了，风却更大了。山区的路崎岖而杂乱，走了很久也不见一户人家，积雪深达一尺厚，马匹也裹足不前。我全身发抖，卡翠娜将我从马上扶下来，迎着风雪向前走，希望能找到一户人家避避风雪，可走了很远也没找到。

我不行了，全身烫得厉害，我们撑扶着向前走，我真的觉得我要死在这里，希望卡翠娜放下我一个人走，不要在这里陪着我等死，可她哭着不愿意走，再后来我就失去了知觉。

卡翠娜告诉我是一位隐士救了我们，但我们依然在法国境内。晚上隐士回来，他带了点食物给我们。他容貌清瘦，长发白顶，身上有种圣徒般的气质，邪恶无法与他沾边。在他圣洁的目光下，你能感觉到仁慈的主在召唤。

1789 年 1 月 18 日

如果我死了怎么办？

今天早上我问卡翠娜，卡翠娜没有说话，只是眼圈红了，她真是一位爱哭的女孩子。经过这么多事，我知道没有什么是永久的，如果我真的死了，希望能有天使代我照顾她。

隐士先生这个称呼似乎有点可笑，但他不介意我们这么称呼他。中午我问他，我们什么时候能离开这里去西班牙，他说我大病初愈，现在不能再长途跋涉，他指了指身后的比利牛斯山，一个普通人在普通的季节要翻过这座山都需要花很大的精力，况且我现在身体是这样状况。

我问他那要等到什么时候，他告诉我可能要等到开春后，也就是到三月。这真会是一段漫长的时光。

待在法国境内总觉得不安全，谁知道维克多有没有发现我们在这。他已经疯了，他知道我们在这山区里，说不定正在寻找我们。我得想想办法尽早离开这个地方。

1789 年 1 月 19 日

维克多来了，我能感觉得到，他们一伙人就藏在树林里。现在卡翠娜又睡着了，我得出去看看……

1789 年 1 月 20 日

昨晚不是隐士先生将我拉回，还真不知道会出什么事，有时我真的觉得自己可笑，我究竟在害怕什么，真的是维克多吗？维克多算什么？我什么没遇见过，现在竟然如此疑神疑鬼。

今天在取水的路上，隐士先生与我长谈了一番，我将我们这几个月来的经历和他说了，他始终在认真聆听，不作任何评价。我真不知道我为什么会对一个陌生人说这么多，不过他是一个值得信任的老者，我相信我的感觉。

他突然问了我一句，你在印度呆过吗？

我挺吃惊的，虽然我挺不愿和人谈起在印度，但我还是点了点头。他问我是不是能和他谈谈在印度的经历，我摇了摇头，我真的不愿再说，他也没勉强。我觉得他是一个能看穿人心的人，像我这样的人在他的面前真的是肮脏不堪。

今天回忆起很多的往事，真不知道会不会又是一个不眠之夜。

卡翠娜是一个纯洁如天使的女孩，也许我不配拥有她，我这人太阴暗了。

陆云起一页页地翻着，不知不觉天色黑了。这时史密斯先生走了进来提醒他："陆先生，我们走吧。琼斯先生回来了，如果呆会儿，他找你找不到，可能会不高兴的。"

"可我还没看完啊！"正在兴头上的陆云起说。

"不要着急，有的是时间，晚上我再带你过来。"

他点了点头便把日记本放好，史密斯先生点燃一盏煤油灯走在前边。他跟着他，小心绕开那些杂乱无章的物品。灯光照亮了长长的走道，在走道的尽头投射出一个巨大的阴影。

14
牌局

小松正坐在窗前发呆，看见陆云起回来了便说："老爷，刚才罗伯特来找过你！"

"哦……"他心不在焉地回答了一声就坐在椅子上。

"老爷，你怎么啦？怎么又像掉了魂似的，一下午不见人，谁也找不着，你去哪儿了？"

"去去去，别吵我，我愿去哪儿就去哪儿，后天就走了，想掉魂也就一天的时间了，你就让我尽情地掉吧。"陆云起没好气地说。

看陆云起这样，小松也不敢说什么，赶紧出去，让他自个儿尽情去想。

不一会儿，仆人传报晚餐开始了，罗伯特正在餐厅等候他，他这才赶紧将心思收回来，整理整理衣服下了楼。

餐厅里罗伯特正笑容满面地坐在那儿，上午脸上的阴霾一扫而光，不知道遇上了什么喜事。看见陆云起走过来，很远就站了起来说："威廉，刚才你去哪儿了，我一直在找你。"

"哦，我刚出去散了下步。"陆云起撒了个谎。

"你就不想问问我到底有什么事找你？"

"哦，当然想知道。"

"今天下午我收到了汉斯先生的来信，汉斯先生你还记得吗？那年我们去中国访问，汉斯先生也去了。他对你的印象极深，听说你来了，说一定要见你，我已给他发电报了，说我们过两天就会到伦敦。"

"真的啊！"陆云起高兴地问，情绪很快调整了过来。

他知道汉斯是一位人脉非常广的资深外交家，如果能得到他的帮忙，事情一定会顺利很多。

"喝点什么吗？"

"有什么就喝点什么吧！"

史密斯先生拿了一瓶酒走过来说："陆先生，波尔多的窖藏葡萄酒喝点吗？1789年的。"

一股凉意油然而生，陆云起不由打了一个寒颤。刚刚回复过来的心情又被搅乱了。罗伯特几杯酒下肚，话就多起来。说些什么陆云起一直无法专心去听，只是机械地笑着应付。

"威廉，很久没有打过牌了，咱们一起玩玩牌好吗？"罗伯特突然说。

"好，好的！"陆云起回答。

一般来说，只有罗伯特心情特别好的时候才会打牌，看来今天他的心情不错。在耶鲁读书的时候，他们就经常在一起打牌。那时陆云起可谓是十项全能选手，读书、演讲、打牌、骑马、棒球，样样不输于洋人。但罗伯特也是牌技的高手，他们不分上下，和陆云起较量牌技是当时他最爱做的事之一。

罗伯特还叫上了海伦、史密斯先生，四人一起到了他的私人会客室。罗伯特和海伦一边，陆云起和史密斯先生一边，双方水平差不多，几局下来也没分出个高低。

夜深了，树林那边又有夜莺唱歌了，忽远忽近，悠扬婉转，陆云起的思绪不由自主地回到了阁楼的杂物间，想起那些日记。

接下来的几局，陆云起输得一塌糊涂。

"威廉，你怎么了？好像有点心不在焉啊？"

"没有，是你的牌技大有长进。"

"我可没觉得我的牌技有过长进。"

"那是我退步了，自美国回国后就很少打牌了，我们中国人喜欢打另一个牌，叫麻将牌，也很有意思的。"

"我觉得陆先生牌技没什么退步，虽然原来我们没一起玩过，但开始那几局就非常有水平，我看陆先生是有些累了，心不在牌局上。"史密斯先生说。

"威廉，你真的累了吗？"

"是啊！的确有点累了。"

既然陆云起说累了，便早早结束牌局，各自回去休息了。

回到了房间，陆云起并没有上床休息，他在等待着圣菲尔堡安静下来。窗外的夜莺一直在唱，声声都像在催促着他。

好不容易等到外边彻底安静了，他起身穿好衣服找史密斯先生。听见陆云起出门的声音，小松又跑了过去问："老爷，这么晚了，你又准备去哪儿啊？"

"我去找下史密斯先生有点事，待会儿就回来。"

"我这颗心七上八下的，越来越觉得这宅子阴森恐怖，老爷您还是不要去了。"小松劝陆云起。

"不要紧，我去去就回。"

到了史密斯房前，轻轻敲开门，史密斯先生将门打开了，微微笑着对他说："我知道你一直都在想这事儿。"

"我们赶紧上去吧。"

史密斯先生没再说其他，带他悄悄上了阁楼。这是个没有月亮的夜晚，阁楼上一片漆黑，史密斯先生不知道从哪儿找来了煤油灯，点燃之后放在地板上，说："你自己去找吧，我在外边等你。"

15
陷阱

在昏暗的灯光下，他找到了下午的日记本看了起来……

1789 年 2 月 28 日

昨夜听见潺潺的流水声，说明山间小溪已经化了，春天来了，我们终于可以离开了。在这里待了一个多月，身体已完全恢复。仔细想想真是一段美好的时光。

上午和隐士先生聊到了回家的事，隐士先生说也许过两三天就能成行。这一个月来得到了隐士先生无微不至的关照，真不知道如何报答，这一离去不知何年何月才能再来。我说我一定会找机会来看望他老人家，可他只是微笑不语。

迷雾之城

108

1789 年 3 月 3 日

我们到了西班牙边境小镇的客栈。

今天早上六点多，我们就出发了。隐士先生坚持要送我们，他怕我们对山区的地形不够了解。上午我们翻越过了几座山峰，午后到达了边境——也是一座高峰，北边是法国，南边就是西班牙。今天的天气特别好，站在山顶可以遥望到百英里之外。

如果一切顺利，我们将在三月中旬回到圣菲尔堡。等下我应该写一封信给妈妈，这两个月来她一直没有我的讯息一定很着急，我要告诉她近来发生的一切，还有圣菲尔堡要准备一个盛大的婚礼。

卡翠娜又睡着了，她总是这样早早就睡了，今天在路上她和隐士先生一直在我身后聊着什么，我没听清楚，等到我转身他们又不聊了，只是一脸严肃地望着我。刚才我问她，他们在聊什么，她就是不说，说到适当的时候再告诉我，真拿她没办法。

1789 年 3 月 15 日

我们回到了圣菲尔堡，去年离家正下着大雪，而现在已是春暖花开。当马车驶过铁门，卡翠娜竟兴奋得像个小孩，她说没想到圣菲尔堡是如此雄伟和美丽。

父母亲见了卡翠娜都非常喜欢，夸奖卡翠娜会是一位最美的新娘，并告诉我说婚礼就定在三月底。

黄昏的时候，我带着卡翠娜去海边走了走，非常愉快，但老觉得树林里有人在跟踪我们。也许是我多心了，在法国逃亡的这两个月里，都快变成惊弓之鸟了。

1789 年 3 月 25 日

卡翠娜突然病倒了，可把我吓坏了，过几天就要结婚了，特别担心出意外，没想到医生竟然告诉我卡翠娜怀孕了……

1789 年 3 月 26 日

马克西姆看见了卡翠娜后跟我说，他终于明白当初我为什么不顾一切要返回法国了。

马克西姆说他要回到印度，我问他，你忘记那件事了吗？他摇了摇头，不过觉得待在伦敦太没意思，真正的军人就要征战四方，他怀念在印度的日子。我问他什么时候出发，他说大概五月初。

后天婚礼就要开始了，很多亲朋友好友都到了，上上下下都忙得不可开交，礼节上太繁琐，不知道为什么不能简单点，但妈妈和卡翠娜都非常兴奋，虽然辛苦点，但只要她们高兴就好。

1789 年 3 月 28 日

这是我生命中最重要的一天，我记得有个诗人说过，我有两次生日，一次是我真正的出生，还有一次是遇上你。虽然今天不是我们的初次相遇，但我还是将它当作我的第二次出生。

婚礼是由大主教主持的，宾客有一千多人，我开玩笑问卡翠娜，这个排场比起你的上次婚礼呢？她说比不上，但是她喜欢这样，即便只有几个人她也心满意足。

原本希望婚后带着卡翠娜到海外去游走一番，但是她现在有孕在身，暂时不能前行，只有等生完孩子以后再说。我问她想去哪里，她说想去印度，我摇了摇头说不想再去那儿，她问为什么，我不知道该怎么回答。卡翠娜突然说，那我们去中国吧。小时候有个算命的说我的爱人会在遥远的中国，说完就开心地笑了。

如果他的爱人真在中国，我就不去了，我害怕失去她。

1789 年 4 月 1 日

维克多怎么会来？我看见他混在嘉宾中，可我去寻找时他瞬间消失了。

我告诉卡翠娜，说看见维克多了，她竟然当作愚人节的一个谎言。我问了很多人，有没有看见一个奇怪的法国人，没有一个人说看见，难道真的是我看错了？

1789 年 5 月 11 日

孩子出生了。

1789 年 12 月 30 日

你瞧他的那副嘴脸，阴险而又得意。他竟然对我说他要将我的幸福夺走，就像当初我夺走他的幸福一样。

我告诉他休想，这里不是法国，更没有路易十六，况且路易十六已被法国人抓起来了，你能有什么办法就来吧！我才不怕。

1790 年 3 月 8 日

卡翠娜说我病了，我怎么可能病呢？她说根本没人看见过维克多。怎么可能，他就躲在圣菲尔堡，他要毁掉我现在的幸福。

卡翠娜你为什么不相信我？

孩子九个月大了，他真可爱，我一定要好好保护他，不让他受到伤害……

1790 年 10 月 15 日

阿黛尔来了，她还是像原来那般可爱。她给我们带来了一个令人吃惊的消息，维克多在巴黎自杀了。

不可能，这肯定是维克多掩人耳目的伎俩，他现在就在圣菲尔堡，我要将他揪出来，杀了他……

接下去的日记本找不着了，陆云起看见左边的角落里还有一堆杂物就过去寻找，也许它就藏在那里边。

里边的东西多而杂乱，多数是琼斯家族祖先的记事本和杂物，他在这个物品堆里找了很久也没找到相关的日记或其他书信。正烦恼着，他碰到了一个铜制的盒子。

他拿过灯仔细看了看，上面刻着：

致我的爱妻，卡翠娜

原来是安吉尔送给卡翠娜的化妆盒。里面没有什么东西，只有盒盖内的镜子依然明亮如昔。他失望地将盒子放了下来，忽然他看见镜子后面露出了张泛黄的纸片，抽了出来是一封信，上面用法语写着：

琼斯太太：

希望这封信在你需要帮助的时候能给予你帮助，关于你的丈夫琼斯先生的病情，我不得不如实相告，他的精神状态很异常……

突然一道强光射了过来，几乎刺得他睁不开眼。他转过身看见了一群人站在了门口，是罗伯特、史密斯先生和泰勒夫人。

他惊讶地问史密斯先生："这是怎么回事？"

史密斯先生没有回答他，而罗伯特一脸悲伤地说："威廉，你怎么能够这样对我？"

"不，罗伯特，你听我解释！"陆云起放下信和化妆盒。

"解释什么，解释我和渡边康雄的关系吗？"罗伯特大声喊着，把一叠资料和信件摔向了陆云起。

陆云起拾起一看，竟然全是渡边康雄和罗伯特之间的通信资料，及一些上议院外交方面的机密文件。

"不，我没有窃取这些文件！"陆云起大声解释。

"那为什么我们会在你的房间里搜到这些文件？你不要认为有人会嫁祸你，刚刚在场的不仅仅有史密斯先生、泰勒夫人、而且还有你的仆人汤姆。"

小松被带了过来。

"老爷！你出去没多久，他们就闯进了房间，从箱子里搜出了这些文件，我也不知道怎么回事。"小松满脸委屈地说。

"威廉，你为什么要这样？你在这里找什么？你是不是要把圣菲尔堡的底翻过来？"罗伯特厉声地问，眼角中渐渐有泪水渗出。

"你知道我和渡边康雄只是普通的关系，因为不过是同学，我所尽的不过是地主之谊，关于政治方面的关系更加谈不上。我知道你们东亚两国的关系紧张，但因为你是我最好的朋友，所以对中国有种莫名的亲切感，你知道我的内心始终是倾向你们的，但你为什么要这样对待我？你太伤我的心了。"罗伯特继续说。

"不，不是这样，你难道认为我是间谍吗？"陆云起辩解。

"难道你不是吗？威廉，你太伤害我了，你在利用我的感情。"

"不是这样，我所做的都是为了圣菲尔堡，我不知道这里发生了什么，我只想帮助你们。"

"不要在这装神弄鬼了，所有的一切都是杜撰的，什么诅咒，什么魔鬼，都是可恶的政治骗局，我再也不想见到你！"罗伯特歇斯底里地喊叫着，完全失去了往日的温文尔雅。

"罗伯特……"

"你不要再说了！"罗伯特扭过头对史密斯先生说："将明天去伦敦的火车票给他们,圣菲尔堡不欢迎他们了！"说完他就走了。

看着罗伯特远去的背影，陆云起明白他落入了圈套，导演这个骗局的就是史密斯先生。

"先回房休息吧，陆先生。"史密斯先生拍了拍他的肩膀。

陆云起愤怒地望着他说："你为什么要这么做？从头到尾都是一个骗局，什么卡翠娜、安吉尔、维克多，都是利用往事设定的骗局，但是你为什么要这么做？"

史密斯先生微微笑了一下说："走吧，一切都该结束了！"

陆云起无奈地迈开脚步，身后传来沉重的关门声，泰勒夫人正在取门上的那把钥匙。

第三章
在阴谋与圈套之中

真正的阴谋家也是幻想家和艺术家，能在黑夜画出一道美丽的彩虹。虽然他无法让你达到梦想的彼岸，但总能让人深陷而无法自拔，这就是艺术的魅力。

1
驱逐

一切都结束了吗？陆云起不愿相信，他看着窗外无尽的月色回忆这几个月发生的事情。

月亮沉下，太阳缓缓升起，越过树梢，一直照射到窗前。小松走了过来欲给他披外衣，并说道："老爷，睡一会儿吧，今天我们就要离开了。"

"是啊，简直就像一场梦，早知道就不该趟这浑水。也好，是老天在提醒我不要误了正事，走火入魔，什么鬼魂，什么转世之谜，都是可笑的骗局，可我居然会相信！"

"别想太多了，老爷先休息吧，那个史密斯先生我早就知道他不是好人了，我应该早就告诉你，但你一直没机会听我说。"

陆云起望了望小松，说："你怎么知道？说来听听。"

"史密斯先生和渡边先生是一伙的，那天夜里我看见他和一群东亚人在楼梯间里抬着什么东西，我当时就纳闷，怎么这么多亚洲人，想起前几日到这里来的渡边先生，我就想他们是日本人。"

"原来如此，我怎么就这么笨，竟然相信了这些谎言，是渡边康雄在导演，算了算了，现在罗伯特也听不进我的解释，以后再说吧。"

"老爷，塞翁失马，焉知非福，别老想了。"

"你去休息吧，我这就睡了。"

小松退下后，陆云起便感到了阵阵倦意袭来，很快就睡着了。

在梦里，他又听见了有人在唱歌。清晨的浓雾从窗口漫进来，让他看不清离去的身影。他想呼喊，却怎么也张不了口。他拼尽全身大叫一声醒了。此时天已大亮。

"也许我真的是中邪了吧！还是赶快离开这儿。"他自言自语。

小松看他醒了，走了过来说道："老爷，刚才泰勒夫人来过了，说给我们订了下午去伦敦的火车，希望我们能收拾一下，午后就送我们去火车站。"

"是吗？那你赶快收拾，帮我去通报下罗伯特，我要去向他告别。"陆云起说。

小松去了又回说，罗伯特拒绝见到他，只说要转告他，路上保重。事已至此，陆云起也无话可说了，只等着史密斯先生安排好马车，起程去车站了。窗外，圣菲尔堡的景色平静安详，所谓的魅影重重似乎不过是一个传说。

"我却深陷其中。"陆云起轻轻叹息，"忘了身负的重任。"

午餐后，史密斯先生便遣人来为他们提行李。他们走到大门的台阶旁，看见泰勒夫人站在台阶上，大风将她的黑色裙裾吹得高高飘扬。她冷冷地望着陆云起，眼神复杂，稍带失落。

"再见，夫人！"陆云起向泰勒夫人告别。

"再见，陆先生！"泰勒夫人说。

不知什么时候起天空变阴沉了，浓得化不开的乌云随着风似乎在压向圣菲尔堡。走到台阶马车旁，突然一声惊雷平地而起，伴随着狂风呼啸而过，将人惊得几乎站立不稳，马车夫赶紧扶住了陆云起。

"没事，谢谢！"回头和周围认识不认识的都道了别，他便上了马车。

此时海伦陪着罗伯特坐在房间里。从昨夜起，罗伯特便一直没有睡觉，如果不是亲眼所见，证据确凿，他是不会相信这一切的。

惊雷响过之后，便下起了大雨。有人哭泣的声音，伴随着闪电雷声忽远忽近，声音不大，却弥漫在每一个角落，绝望而凄凉。

"是谁在哭泣？"罗伯特惊恐地望着海伦。

"是人在哭泣吗？"海伦也隐隐约约听见某种声音。

"也许是风声吧！"她安慰他。

"不，你再仔细听，有人在呼喊。"罗伯特睁大眼睛说。

又是一声惊雷，似乎整个宅子都在摇晃。

"我听见了，亲爱的，似乎是在呼唤一个人的名字。"海伦看见了罗伯特眼中的恐慌。

"安吉尔，是有人在呼喊安吉尔。"罗伯特声音颤抖。

外边的雨更大了。

"难道是我错了？"罗伯特冲向窗前。他看见疾驰而去的马车，在雨幕中越来越朦胧，最后彻底消失在雨中。

陆云起回头看了看圣菲尔堡，它成了雨中的一纸剪影，回过头后似乎在思索着什么，忽然他心惊似地喊道："什么声音？好像有人在呼喊谁？"

一阵惊雷过后却又无处寻找了，一切全都飘飘渺渺地消逝在风声、雨声、雷声里。

"老爷，不要多想了，回到伦敦就什么都好了！"小松安慰他。

马车溅起水花疾驶过树林和大铁门，再回头，圣菲尔堡已在视线中消失了。

夏天的暴雨来得快去得也快，十几分钟后雨势渐小，到达火车站时雨停了，太阳又透过厚厚的云层照射下来。站台上的人并不多，到伦敦的列车要一个半小时后才到达，只有少许一些工作人员。他们坐了下来，没有人说话，沉默得有些令人窒息。

"老爷，说说话啊！"小松终于忍不住了。

"没什么，我在想我们在英国的下一步工作，在圣菲尔堡这半个多月的经历是祸是福皆可以不要去管了。"

"难道你就不想找渡边先生算清这个账？"

"不要再提这事了，只能说是我走火入魔，唯一遗憾的是失去了罗伯特这样一个好朋友。"

"但是琼斯伯爵应该是个明白人啊！"

"别提了，让我安静一下。"陆云起举手示意。

接下来依然是沉默，偶然有火车呼啸着疾驶而来，停靠了一会儿又迅速离去了。站台上响起了一阵匆忙的脚步声，并伴随着一个男人的气喘吁吁声。

"陆先生！"气喘吁吁的男人在他面前停下了脚步。

陆云起抬头一看原来是贝克牧师，赶紧站了起来说："不好意思，走得太匆忙没来得及告别。"

"陆先生，刚才泰勒夫人匆匆过来对我说了昨晚发生的一切，知道你要走便马上赶了过来，我知道这样的事情对你打击太大了，对于这一切我只能说抱歉，不好意思将你卷入了其中。"

"没什么，也许都只是误会，我们之间也存在误会。"

"我真的不知道该说什么，我只希望你不要放弃！"

"贝克先生，谢谢你的好意，也谢谢你一路对我的帮助，我也明白我究竟该做什么。"

"但是陆先生，我依然相信……"

"贝克先生，我求你不要再说了好吗？相不相信都没有用的，连我最好的朋友都不相信我了，你就让我走吧。"

"你还会回来吗？"

"不知道，罗伯特不相信我，我来这里干什么，来当间谍吗？"

"我们也是你的朋友，我们都期待你再回来。"

"我根本不该来这儿！"

"我知道你放不下，你来这里是注定的！"

"为什么会是我？"

"因为你是安吉尔！"

"不，你们都在骗我！"

贝克牧师想再说些什么，可正在这时去伦敦的火车进站了，人群突然冒了出来，周围一片喧闹、嘈杂。

"我该走了，后会有期。"陆云起提起行李说。

"后会有期。"

2
浓雾

渡边康雄这段时间一直潜伏在康沃尔，他们在距离康沃尔二十公里的小岛上租了套房子作为活动的基地，还租了艘货船来往于圣菲尔堡。

俗话说，夜路走多了总会遇上鬼，很快他就被陆云起发现了，并在游艇上逮了个正着，还热情地拉他去见罗伯特，这是他很不愿意的事。虽然后来借口走了，但他并没有真正离去。

第三章　在阴谋与圈套之中

121

他在干什么？他在导演一幕迷幻大戏。

自陆云起从上海出发，渡边一行便始终潜伏在他的左右。凭渡边对陆云起的了解，知道他是一个难以对付的对手，只有阻止他的英国之行才能解决问题，可是如果行动过于明显又深恐造成外交事件，所以只好另寻其他途径。很快渡边发现了他患有严重的梦游症，接着又发现了琼斯家族有家族性遗传精神病，便将计就计装神弄鬼起来。

在圣菲尔堡，渡边买通了管家史密斯先生。史密斯先生已六十岁了，过不了两年就要退休回家，他抵挡不住金钱的诱惑，充当起了渡边在圣菲尔堡的内线。渡边本想和史密斯先生里应外合折腾一番，将事情搅黄就算了，却没想到陆云起竟然这么入戏，弄得好像真的一般。

那天夜里，他们请了一个女人扮成幽灵卡翠娜，引诱陆云起去墓地，本想这个晚上不把他搞残，也搞他个精神错乱，不料却杀出了一个贝克牧师。但事情又锋转急下，顺着有利于渡边的方向发展，这个贝克先生竟然也对琼斯家族的事情感兴趣，把道听途说的故事讲给了陆云起听，使陆云起真的相信了自己就是圣菲尔堡的拯救者。

如果男人十几岁时有英雄的梦想，幻想自己是个拯救者，这可以说是青春期所致，但如果到了三十岁还这样，那还真是个精神病。

说到有病，陆云起倒是有点像琼斯家族的人。他们有家族遗传性的精神病，陆云起看上去也好不到哪里，几个回合下来就疑神疑鬼，神经兮兮的。

"莫非在美国读书的时候就受到了罗伯特的感染？"渡边想，"或许完全是一种巧合，反正陆云起看上去不再是美国时期的那个人了。"

陆云起离开圣菲尔堡后第二天，罗伯特带着海伦也去了伦敦。渡边放心不下，虽然他已派人在伦敦紧盯着陆云起，可是谁知道还会发生什么？所以在罗伯特离开的第二天，他也去伦敦了。

陆云起在伦敦的日子很忙碌，但却似乎毫无进展，虽然社会活动繁多，但除了虚伪的奉承和虚荣的展示，实质性的东西并没有见到多少，那位一直要见他的汉斯先生也避而不见。

时间就这样过去了一个多月。但有些事情在就要绝望的时候又出现了一线生机，在一次外交 Party 上遇见了在耶鲁时的法语老师，格洛斯林博士。

在耶鲁的时候，格洛斯林先生还是一个来自法国的访问学者，并兼职教授法国文学。返回法国后，格洛斯林先生一直在法国外交部任职，由于美国的教育背景，常常在英美外交界游走。

过去十多年了，陆云起的东方面孔还是让格洛斯林先生一眼就认出来了。

"威廉！"格洛斯林先生大声喊道。

"格洛斯林先生！"陆云起简直不相信自己的眼睛。

格洛斯林先生可以说是陆云起在耶鲁最尊敬的老师之一，正是因为与格洛斯林先生的交往，让他对法国文化产生了兴趣，也使得他的法语突飞猛进。

"真是意外啊！"陆云起感叹。

"意外吗？不意外。"格洛斯林先生摇了摇头，"当年你们突然离去才使我意外，但我相信终究会再见到你们，因为我相信这个舞台终究会轮到你们登场的。"

"看您说的，我正求教无门呢，到哪儿登台啊！"陆云起笑着说。

"看你心事重重的样子，我就明白你有事，说给我听听，也许有能帮得上忙的地方。"

他们找了一处僻静点的地方聊起来，听完陆云起的讲述，格洛斯林先生若有所思地说:"这个问题所牵涉的不仅是中英或日英之间的关系,而是中日英之间的三边关系。据我了解,近年来日本政府在欧洲各国之间的文化、外交活动相当频繁,而作为亚洲第一大国贵国却动静甚少,这也许反映了现实中中日两国实力的差距。对英国来讲,它在远东的利益才是最重要的。现在对英国在远东利益构成最大威胁的是俄国,英国需要在远东扶持一个强而有力的对手,这个对手显而易见是日本,而不是中国,这正是英国政府高官避而不与你谈此事的原因。"

"但是现在远东各国利益的角逐并不只是有英、俄,贵国和德国也不甘示弱,如果英法忽略中国,中国进一步加深与德、俄的关系,恐怕是贵国不希望看到的。"

"就我个人而言,我非常希望能帮助你,所谓外交除了国与国之间的利益以外,外交官之间的个人友谊也会是一个重要的推动因素。明天我要回巴黎了,下周我还要来伦敦,我带你去拜访我的几位朋友,希望能帮到你。"

"好的,谢谢!"

当晚陆云起回到了位于摄政王大街的临时寓所,脸上终于露出了久违的笑容,让小松感到惊讶。

"小松,你喜欢巴黎吗?"他忽然问。

"老爷,谁都知道巴黎好,但我不知道好在哪里?"

"有时间带你去巴黎拜访几位朋友,看看巴黎好在哪。"

"可我不会说法语啊。"

"傻瓜!"

陆云起没再继续说下去,打了个哈欠睡觉去了。这一向他心情不好,连觉都睡不好,但今天房间里很快传来了鼾声。他的心情好,小松的心情也跟着好,小松笑了笑也睡去了,但刚躺下就觉得隔壁又有了动静,是陆云起又起来了。

"老爷!"他叫唤了一声,但陆云起没听见似的,不紧不慢地走到大街上。他赶紧取了外衣跟着出去了。

在城市的另一端,海伦在叔叔莱顿少将的寓所里辗转反侧。这些天她一直有种不踏实的感觉,原来以为离开圣菲尔堡会好一点,可来到伦敦这种感觉依然。

这是什么声音?她悄悄爬起来,那是一种轻轻的脚步声,紧接着是大门开了。她走到窗口,透过路灯,看见罗伯特穿戴整齐在往外走。

夜深了,他要去哪儿?她也跟着出去了。

深夜的伦敦并不安静,依然有不少的人在街上行走。罗伯特就像一个普通的夜归人,拦下路边一辆马车向北行驶而去。她也拦下一辆马车紧随其后。

马车忽而向左,忽而往右,驶出了伦敦城,在一幢旧房子前停下来。她看见罗伯特从马车上下来,街道的那端有浓浓的雾气袭来。罗伯特走进了浓雾,消失在旧宅的花园里。

一扇虚掩的铁门。她轻轻敲了敲门,门内无人答应,便推门进去。浓雾中看不清什么东西,只闻见了一股浓烈的咖喱气味。

她有些害怕,但是好奇心又促使她往前走。花园里开满了芍药花,透过浓雾隐约看见罗伯特在前方,但一转眼又不见了。她转来转去又回到了原处,终于看见了一个人正站立在前方,她以为是罗伯特,可仔细看那身影一点也不像。

"先生,请问您看见一个人走进来了吗?"

那人立即转过了身,惊讶地喊道:"海伦!"

这人竟然是小松。

"汤姆,你怎么在这儿?"

"我的主人走到这里面不见了,我正在找他。"

阵阵凉意涌上了海伦的内心，晕眩得几乎站立不稳。

"你怎么了？我送你回家吧。"小松扶住她。

"走吧，走吧，赶紧离开这儿！"她小声说。

小松背起她走出了这个院子。

3 迷路

清晨小松回到住所时，陆云起早已回到了寓所，正在愉快地刮着胡子。

"怎么这么早就出去了？"他问。

"出去散步了。"小松回答。

一问一答就像平常，他丝毫没有怀疑小松一晚未回公寓，而小松也没提起昨晚发生的一切。

几天后，陆云起收到一封格洛斯林先生从巴黎寄来的邀请函，说他将在这周末邀请巴黎外交官在寓所开一个晚会，有一些重要的人物可介绍给他。

陆运起非常高兴，赶紧遣小松去预订车票和船票。

提到巴黎，很多人有种青春期般的期待，也许是传说中的巴黎太美了，或是法兰西辉煌的文化艺术令人神往，但这些都不足以解释巴黎在他心中所掀起的阵阵波澜。

一个星期后，陆云起站在横渡多佛尔海峡的渡轮上，习习的海风让人无比清爽。自离开圣菲尔堡以后，他的心情还未如此彻底放松过。不久就隐约看到了欧洲大陆，上岸再换乘至巴黎的火车，黄昏便到了巴黎。

1889 年，巴黎世博会刚结束不久，巨大的钢铁怪物埃菲尔铁塔矗立在城中，不论在哪个方位都可以看见这个工业革命的象征产物。虽然大革命只过去了一百年，但这一百年里的变化却是翻天覆地的。当年安吉尔从英格兰北部跋涉前往巴黎，日夜兼程要花费数日，而今天从伦敦到巴黎则可朝发夕至。工业革命改变了欧洲，改变了巴黎。早在19世纪六、七十年代，在拜伦·豪斯曼伯爵（Baron Haussmann）的大刀阔斧的规划下，以非常的破坏，非常的手段，非常的建设把几世纪前的旧房舍，拥挤的街道铲除，一口气建立了五十条林荫大道，七万五千栋大建筑物及三个大型公园，其中最有名的当然是凯旋门及香榭丽舍大道。

在旅馆里安顿好了以后，陆云起给格洛斯林先生打了个电话，电话等了很久才接通，电话那头传来一个嘶哑的声音。

"你好！请问你找谁？"

"哦，我找格洛斯林先生。"

"我就是，请问你是谁？"

"我是威廉啊，格洛斯林先生！"

"哦，是威廉，不好意思，这两天感冒了嗓子疼，耳朵也不好使了……"

在电话里约定，格洛斯林先生会在第二天午后三时派马车来接陆云起。格洛斯林的家在巴黎近郊的圣但尼，而陆云起所在的旅馆在巴黎市中心的公园区，随着艾菲尔铁塔的建立这一地方后来也被称为铁塔公园区，从这里乘坐马车到达圣但尼需要一个小时。

由于旅途劳累，晚上便早早休息了，第二天早上醒来都分不清自己身在何处。

"老爷，您醒来了！"小松听见动静，便来敲门。

"是啊！"他答道。

初秋的巴黎暑意尚未完全散去，林荫大道依然浓密，清晨的街道早已是人声鼎沸，来来往往的马车载着人们驶向不同的目的地。洗漱完了以后，小松把报纸送了过来说："这是今天的报纸，法语的。"

"好的，你先帮我拿着，到楼下餐厅用早餐时我再看。"

旅馆一楼附设了一个小餐厅，对每个入住的顾客提供免费的早餐。虽然陆云起青少年时代在欧美待了近十年，但是对西餐始终谈不上喜好。这次来欧洲几个月了，西餐吃得有些打不起精神，常是边看报纸边吃饭，纯粹当是填饱肚子。忽然，他觉得肚子有点不舒服，也许是昨天到达旅馆的时间太晚了，随意吃了些凉菜，坏了肚子。他赶紧把随身携带的物品和报纸让小松拿着，跑上楼解决问题。

虽然拉肚子不算严重，但也很令人伤神，特别是今晚还要去格洛斯林先生家参加 Party，只好买点止泻的西药。

吃了药，一个上午仍然折腾了几次，午后非常疲备，就到床上休息一会儿。下午醒来感觉好多了，他喝了一杯咖啡，精神也振奋了，便坐在沙发上看着报纸，等待格洛斯林先生的马车。

报纸本来是早上的，由于拉肚子没看完，现在接着往下读，翻过边来便看见了格洛斯林先生的一小幅照片，正想看标题时电话响起了，总台告诉他格洛斯林先生的马车到了，在门口等待。他赶紧放下报纸，整理好衣物出门了。

马车夫是一个三十多岁高高瘦瘦的男人，戴着一顶黑色粗呢帽子，身上穿着灰色马夫衫，站在大厅一个角落表情严肃地等着，看见陆云起来了便走过去。

"请问陆先生吗？"

"是啊！你怎么知道？"

"因为这里只有您一个东方人！"

"是啊！我在这一直都是特别的！"

他们边聊边坐着马车往城外疾驶而去。

"圣但尼地区原来是波旁王朝王室的墓地，到了大革命后才成为住宅区。"马车夫介绍。

"那路易十四就埋葬在那里吧？"

"是啊！"

马车出了城，天色渐渐暗了下来，环境也空旷了。

"怎么这么早天就黑了？"陆云起问。

"秋天到了，天黑得早。"

路旁的景色模糊了，偶有灯光闪过，旋即又淹没在夜色中。不知道什么时候起，月亮升起来了，倒映在马路上的树影让人感觉魅影丛生。

"这是什么地方，为什么这么荒凉？"陆云起问。

"不要着急，就快要到了。"马车夫说。

陆云起静下心来看着窗外，一片黑压压的树林从眼前闪过，偶尔传来几声鸦雀的叫声，像极了圣菲尔堡的夜晚。马车夫也不说话了，月光照在他背上犹如一尊雕像，一尊面无表情的雕像。

马车拐弯驶进了一岔道，瞬间进入了光明的世界，一座气派的官邸出现在眼前。衣着整齐的门卫，隐约传来的约翰·斯特劳斯舞曲都让人感觉像是回到了现实。

马车在大门口停靠稳定后，侍者打开车门将陆云起迎进了大门。但大厅里却空空如也，只有一台留声机在放着《蓝色多瑙河》，他立刻警觉地望了望四周，问道："格洛斯林先生呢？"

没有人回答，旁边的侍者也不知道去了何方。

他掉头想离开，这时对面的门开了，渡边康雄走了出来说："陆先生，这么急就要回去？"

"你……"

话音未落，他直觉眼前一黑，便软绵绵地倒在了地上，一位穿黑衣的武士如同鬼影般站在他的身后，手里还举着一根棒子。

渡边笑着点了点头，几位黑衣武士将他抬走了。

不知道过了多久，他醒了，发现自己被捆绑在一间漆黑的屋子里，试着移动了两下，身子竟然可以动，原来他坐着被捆绑在一张椅子上。他再试着移动了一下，连人带椅子被摔倒在地上，所幸地板上铺着厚厚的地毯，没有发出大的声音。

他在黑暗中搜寻了半天，终于找了一处硬物，磨擦着解开了绳子。

这是一间很大的屋子。二楼的窗户被拉上了厚厚的窗帘，除窗户以外，没有其他可以逃离的地方。楼下依然有音乐声传来，房间正对着楼底下的大门，几个黑衣武士在走来走去，如果此时从窗口爬下去逃离，一定是会被他们发现，所以他只好折回来。

他走到门口敲了敲门，门外并没有什么动静，打开房门，悄悄走出来。在十米之外的楼梯边，看守正在打瞌睡。对面有个房间，不知有没有人，也不知道它的窗口面向的是何方，他又轻轻走过去敲了敲门，里边没有动静，房间没反锁，扭开就进去了。由于没有开灯，他看不清房间究竟是作什么用的，窗口有月光照了进来，借着月光看见了窗外黑压压的树林，下面一片寂静。在确定下边没有人后，他立即翻过窗台，沿着外墙的凹凸处往下爬，爬到不算太高处再跃身跳下，落在了草地上。

环顾四周，除了风声只有自己的影子。

逃跑意外的顺利，此时他不愿多想为什么，拔起腿往前方的树林里跑去，跑了许久才停了下来。回头已看不见任何的灯光了，只有月光透过高大的乔木枝叶将地面渲染得斑驳陆离。秋天的虫子在四周唧唧咕咕地鸣叫，还有自己急促的喘息声和心跳的声音。他累极了，靠着树干坐了下来。

"我该怎么走呢？"陆云起心想。他弄不清方向了，这样一个明月夜是看不见北斗星的，只能看着树的枝叶明辨方向。他走错了，只有向南，他才可以回到巴黎城内。

休息了一会儿，便起身赶路，可走了很久也没看见路的出现，只有延绵不断的密林。

夜深风渐起，飘来的云块将月光遮住，林间陷入了黑暗，树梢随风发出的尖叫让人心悸，不远处传来了狼嚎。

他后悔当初怎么不把枪带在身上，可谁会带着枪去参加舞会呢？

狼叫声越来越近，隐约还看见了绿光在闪动，他赶紧换了个方向走。走了不久，云块渐被风吹散了，月亮又恢复了它的光芒，才知道自己到了密林深处。

乔木、灌木黑压压势不可挡地阻止人的去路。在这草木衰败的秋季，节瘤毕露的灌木活像骷髅的魔爪。

但在这荒凉的木莽中，出现了一些他认得的灌木，都是人工栽培的产物，虽然无人修剪照顾，却依旧显示出与野草不同的优雅。

4
幻象

渐渐有小路出现了，两旁的树木不知不觉就分开到了两旁，迎着风，发出哗哗的响声。这一切在月光的照耀下显得极其神秘，似乎将人引入一个未知的世界。不久他看见了一幢宅子，它被黑压压的树木围绕着，灰色的砖在月光下显得白惨惨的，有竖框的窗子映着绿草坪和屋前平台。

"有人吗？"

陆云起站在生了锈的大铁门前大声呼喊着，却没有人答应。

难道这是一栋废宅？可它是如此华丽和雄伟。

他将手伸出，铁门轻轻一推便开了。

"也许我可以在这里躲避一下，等到天亮再寻求出路。"陆云起想着往里边走。

大门是虚掩着的，意外的是大厅里整齐摆着家具，散发着一丝温暖而清新的气息，好像主人刚刚有事外出了。倾泻进室内的月光照在墙上，照亮了一对男女的画像。年代已久，却气势非凡。

陆云起好奇地走了进去。

"先生，喜欢看这画吗？"身后传来一位男人的声音。

陆云起赶紧转身，看见门口站着一个年轻人，身着整齐的礼服，黑色的马裤和白色的紧腿袜，铜扣子在月光下闪闪发亮。他面色苍白，却气质出众。

"不好意思，打扰了，我刚在树林里迷了路，误入了贵府，希望您不要介意。"

"没关系，我等你很久了。"

"等我？为什么？"

"先生，你知道画中是什么人吗？"

"我不知道，也不想知道，我现在想要知道的就是怎样才能回到大路上去。"

"不，你能先听我讲个故事吗？"那男人走过来问，眼神中散发出几丝诡秘。

陆云起感到阵阵恐惧，他明白现在已是无路可逃，所以只能镇定下来说："当然可以，如果先生愿意讲的话。"

"你认识画上的人吗？"那男人露出诡秘的笑容再次问。

"不认识。"

"他们是路易十六及其王后玛丽·安托瓦内特，波旁王朝最后的国王和皇后，你知道这幢宅子的主人是谁吗？"

"不知道。"

"波利纳家族的。那是国王最信任的家族，波利纳夫人则是王后最亲密的人。波利纳夫人有一个孩子名叫维克多·波利纳，从小就送到了王后身边做侍从，希望的就是他能成就一番事业。"

那男人说着就往里边走，陆云起赶紧跟了上去。男人推开里间的大门，墙上依然挂着一些绘画，其中有一个年轻男子的画像，看上去就二十七八岁的样子。

"你知道他是谁吗？"

"维克多！"陆云起脱口而出。

"很好，你对这段历史很清楚。"

"当然，我在圣菲尔堡就听说过他。"

"你知道他是一个什么样的人吗？"

"我不知道，也许他是一个悲剧性的人物。"

"是的，他的人生是个悲剧，从少年时代就为了家族的荣誉入宫，陪伴国王和王后，在尔虞我诈的环境里生活。一个十四五岁的男孩要做好多么难，不止是波利纳家族有孩子在宫廷里，很多的贵族都把孩子送往宫里，他们都希望自己的孩子最终能成为国王和王后的亲信，但是只有他做到了。"

"是的。"

"维克多是个不一般的孩子，他能耐得住寂寞、冷遇和岐视，他能脱颖而出，可以说与他的天赋有关，但是谁又明白他这么多年的压抑和悲伤呢。也许所有的人只看得见荣耀的一面，却不知他背后的伤痕，他内心的阴暗。但是有一天有个女孩像一道阳光走进了他的心里，你知道这女孩子是谁吗？"

陆云起看见那个年轻人的哀伤和愤怒。

一束光线照在年轻人的脸上，瞬间感觉像极了画像上的男人。

"维克多，你是维克多？"陆云起大声喊叫，不由后退了几步。

年轻人没有回答他的话，只是自顾自地继续质问："你说啊，究竟是为什么？"

"你究竟是谁？你是维克多吗？"

"是我，安吉尔，你掐灭了我生命中唯一的光芒，让我陷入了无尽的黑暗！"维克多一步步地逼近陆云起。

"我不知道，我不是安吉尔，你们为什么要这样对我，我只是来自异乡的过客，这事与我无关。"

"不，是你，安吉尔。"

"我不是，你们为什么都要说我是安吉尔，何况安吉尔并没有错，卡翠娜爱的并不是你，她爱的人是安吉尔，他们彼此的相爱有错吗？"

"你们是真心相爱吗？你是被卡翠娜的美丽迷惑吧！说到底，那只是欲望的反应，你最终对卡翠娜做了什么？你自己能去面对吗？"

维克多说着，打开另外一扇门。有一个女人斜坐在一张沙发上，穿着一件浅蓝色的长裙，胸前的蓝宝石项链在月光下散发出幽蓝的光，粟色的头发随意地飘散在胸前。

"卡翠娜！"陆云起惊呼。

正在沉思的卡翠娜抬头看见了陆云起，用低沉而又颤抖的声音说："怎么是你？我不愿意再见到你！"

"卡翠娜，你听我说……"

"不，我已经死了，再多的解释也没有用了。"卡翠娜痛哭流涕。

"卡翠娜，你为什么要说自己死了，你不就站在我的面前吗？"陆云起茫然地看着她。

"是因为你的残害，是你将我从温暖的床上拖了下来，一路拖着我到了阁楼，你知道英格兰的初春有多么寒冷吗？不，它再冷也比不上我的心冷，是你将我摔到冰冷的石头地面，对我大声地吼道，你为什么不去死！然后头也不回地离开圣菲尔堡，我夜夜呼唤你的名字，却从不曾听见你的回答……"

"卡翠娜，不是这样的。"陆云起说。

"可怜我那孩子，未出世就陪我死在了你的手下！"卡翠娜接着说。

"谁，你说谁的孩子？"陆云起问。

正在这时，房间角落里的婴儿床上响起一阵啼哭声，卡翠娜赶紧将孩子抱了起来，哄了哄就不哭了。

"他是谁？"陆云起走了过去好奇地问。

"他是我们的孩子，你不记得告诉过你我怀孕了吗？可你却问是谁的野种？"

卡翠娜一边说一边将小孩抱转过来。一张极其邪恶的婴儿脸，嘴角露出似笑非笑的表情。

"天啦！"陆云起不禁退了几步，然后冲过去将孩子从卡翠娜手里抢了过来，使劲地往下掷，然后转过身，抓住卡翠娜的双肩大声喊："你说，你说，这是谁的孩子，这是谁的孩子……"

"你放开我，你放开我……"卡翠娜拼命挣扎着。

这时维克多也冲了过来，一把拉住陆云起。

"安吉尔，你还要让悲剧重演吗？你造成的悲剧还少吗？你仔细想想，这一切为什么会发生？"

"这不关我的事，我不是安吉尔……"陆云起挣脱了维克多。

"你听见那歌声了吗？多么忧伤啊。"维克多说。楼上传来了阵阵悠扬的歌声，像极了在圣菲尔堡夜里的歌声。

"卡翠娜呢？"陆运起环顾四周，突然发现她不见了。

"她走了，永远不会回来了。"维克多说着，眼中满是悲伤的泪水。

"可我……"陆云起想说什么，却被维克多打断。

"安吉尔，你跟我来吧！我有许多事情想和你说。"

陆云起被他的声音打动了，随着他的步伐向楼上走去。

"自从卡翠娜离开以后，没有谁能理解我的痛苦。她几乎断送了我在宫廷中的美好前途，我并不在乎什么美好前途，再美好的前途没有卡翠娜也没有什么美好可言。皇后看到我的情绪不太稳定，便让我回家休养一段时间。那一年的七月，巴黎爆发了革命，波旁王朝的基座动摇了。正所谓树倒猢狲散，先前围绕在她周围的男女贵人们仓惶逃窜，惟恐受到连累，而真正留在国王和王后身边的只有瑞典军官费森，因为他是玛丽的情人，他是真正爱着玛丽的人。还有一个就是我的母亲波利纳夫人，有人说玛丽王后和我的母亲也有一种暧昧的关系，那纯属谣言，她为的是我的前途。卢浮宫被革命的群众攻陷以后，所有的王室成员都被软禁在了杜伊勒里宫。在费森和母亲的帮助和策划下，国王和王后准备逃到保王党势力集中的地方，组织军队反击，但是因为用人不当，最终事情败露，行动在途中失败，费森和我母亲当即被处死。我母亲死后不久，我的父亲波利纳伯爵在家中也郁郁而终，你能想象我的痛苦和迷茫吗？"

他转过来问陆云起，陆云起不语。

"我永远忘不了那些日日夜夜，在此来来回回地走着，在这大理石的墙面上刻下的都是她的名字。是你毁了我，我要生生世世诅咒你。"

"不是这样的，我和卡翠娜是真心相爱的。"

维克多丝毫不理会他的辩解继续说："今夜的月光可真亮，你可以清清楚楚看到这些墙上刻的字，这都是我一刀刀刻上去的，石头可以铭记我心中永远的伤痛。"

他走了过去，看见了墙上刻的字，密密麻麻刻的都是卡翠娜的名字。

“再看这边。”维克多说。

“不，我不看了。”

“你问心有愧？”

“不。”

“你对卡翠娜有愧吗？她是被你残害而死的。那一年我去英格兰找她，其实我只想看望看望她，却被你说成了我们私通。你变态的疑心和妒忌心，让你杀了卡翠娜，你有恶魔在心中！”维克多在他身后说。

“不，不是这样的。”陆云起摇着头。

“你把她砌在了石墙里。”

陆云起若有所悟地问：“她死了，那你呢，你还是人吗？”

维克多立即收敛了笑容说：“不管我现在是什么，我一直在诅咒你，不仅是你，而且是整个圣菲尔堡。安吉尔，你要忏悔，你要赎罪，才能拯救圣菲尔堡。”

“你究竟要我怎么办？”

“你从巴黎最高处跳下去吧！只有你在粉身碎骨中才能得到重生，只有鲜血才能洗刷你的罪孽。我会在你心灵最深处等你，不要再苦等了，安吉尔，你看天快要亮了，我们现在就出发！”

天渐渐泛白了，光线漫过地平线，林中的鸟儿像是忽然被惊醒般地欢叫了起来。

“走吧，安吉尔，我先走了，我等你！”

太阳掠过树枝映入了室内，安吉尔消失了，空荡荡的大厅里只剩下了陆云起，还有那些华丽的家具、绘画。

庭院内的野草漫过了台阶，这样的荒败与室内的华丽形成强烈的对比，仿佛是一个非现实的世界。

第四章

被记忆惊醒后

　　人总是这样，生活中最美的那部分被时光遗弃、荒芜，内心被虚幻占据。当繁华落尽、年华不再，才发现是什么在呵护自己内心最柔软的部分，而且从未离去。

1
失踪

小松昨夜睡得很沉，醒来的时候天已大亮。他推开窗户，街上一片车水马龙，可陆云起的房间依然是虚掩着的，里边空空如也，让他好生疑惑。

也许是玩得尽兴吧，小松只有这么想了。

在楼下用完早餐上来，服务生将房间打扫干净了。今日新到的报纸也整齐放在茶几上，他随意翻阅了下，全是密密麻麻的法文，几乎一个字也不认识，也只能看看图片，很巧有一张图片吸引了他，那是格洛斯林的照片。

一个星期前在伦敦只有过一面之缘，但他那张颇具特色的脸却让人很难忘记。他昨晚不是在家举办晚会吗？难道一个晚会就值得上报纸？

过了一会儿，时针指向了上午十一点，陆云起还是没有回来，也没有电话回应，便让人觉得有些不对头了，再看看报纸上格洛斯林先生的头像，就更觉得不对劲。

于是，小松下楼找到总台，总台的服务员英语不好，便找来了一位懂得英语的小姐。

"先生，有什么能帮你的吗？"

"你能帮我翻译下面这段新闻吗？我迫切需要了解。"小松指着报纸上的格洛斯林先生的头像说。

那位工作人员接过报纸，仔细看了一下，对小松说："这个新闻是报道法国外交官格洛斯林先生在伦敦失踪的事件。失踪五天后，格洛斯林先生昨晚在伯明翰现身，报纸上说格洛斯林是被一帮黑衣人绑架，其目的不明……"

没等工作人员把内容说完，小松已大惊失色。

"你怎么了？"这位小姐关心地问。

"没……没什么。"小松连忙回答，他已是六神无主，不知道如何是好。

"哎，先生。"这位小姐叫着小松，"有什么需要帮忙的，尽可以来找我，我叫玛格丽特，就在 1007 号房。"

"好的，谢谢！"

回到房间，小松想了许久还是不明白究竟发生了什么。从英国开始似乎就有股阴云笼罩着他们。在圣菲尔堡的那些日夜，他能感觉到陆云起被某种无形的力量所束缚。一个多月之前，他们被驱逐出圣菲尔堡，本以为这件事就告一段落了，那些不愉快只是渡边的阴谋。但那晚在伦敦的经历，让他隐约感到不是这么简单，幸好马上又到了巴黎，但是没想到在巴黎还是这样。昨晚陆云起去哪儿了？谁能知道？远离故土千万里，孤身一人的小松真不知该怎么办。欧洲在他眼中像是一个幽灵出没的大陆，如果可以他会选择马上离开。但是主人不见了，回了国又该如何交差？他真不知道该何去何从。

在巴黎，他没有其他的朋友可帮忙，想起前台帮他做翻译的小姐，只好去找她试试看了。

玛格丽特专门接待客人的投诉和解决客人的各种困难，听完小松的叙述，她颇为迷惑，于是问："你确定陆先生去的是格洛斯林先生家吗？"

"是的，我不会记错的，上个星期在伦敦见到格洛斯林先生，他当面邀请了我的主人，后来还接到了他的邀请函。"

"你知道你的主人和格洛斯林之间聊了些什么？"

"我不了解。"

"鉴于你的主人和格洛斯林先生的特殊身份，他们之间的谈话内容很重要，或许涉及了某些重大的政治问题，格洛斯林先生在和你的主人见面后就失踪了，现在你的主人又失踪了，所以你应该好好回忆下他们究竟谈论了些什么。"玛格丽特小姐严肃地说。

"对不起，你能再帮我看下格洛斯林先生失踪日期吗？"

"九月十六日晚。"

"今天是多少号？"

"九月二十二日。"

"如果我没记错的话，我们是在十九日收到格洛斯林先生从巴黎寄来的邀请函。"小松肯定地说。

"你的话存有逻辑上的问题，格洛斯林先生十六日在伦敦失踪，没有证据表明他回来过，怎么会从巴黎给你们寄来邀请函呢？"玛格丽特小姐将报纸拿出来说。

"真是让人难以置信，但是昨天我确实听到我的主人给格洛斯林打电话，接着就出去了，一直到现在还没有回来。"

"或许这是一个阴谋，他们把你的主人也绑架了。这样吧，我分别给中国公使馆和警察局打个电话，我想他们来处理应该更好。"

"不能，不能这样。"小松大声说。

"为什么不能？让他们去找，比你自己去找好。如果你主人有意外，也可以通知你，你难道希望你的主人作为无名尸体处理掉吗？"

听到这话，小松非常震惊，呆呆地坐在那儿。

"对不起，也许我说得太夸张了，别担心，一切都会好起来的。"玛格丽特看到小松失魂落魄的样子又忙安慰他。

"玛格丽特，你知道我们中国人有一样东西比生命更重要，那就是荣誉，所以我不想这件事太张扬。"

"我明白，让我再仔细想想……"

沉默了一会儿，玛格丽特忽然抬起头说："我有个办法，就以我们酒店的名义去报案，说在我们酒店的一位亚洲客人失踪了，你知道在巴黎的亚洲人本来就不多，如果发现什么痕迹，他们肯定会通知我们的，这样可以吗？"

小松低头想了想说："也只能这样了。"

小松从警局录完口供回来已近黄昏，旅馆里依然没有陆云起的消息。虽然中午没有吃饭，他却不感到丝毫的饥饿，就这样无精打采地坐着。这时房间的电话响了，原来是玛格丽特打来的。

"我要下班了，你还好吗？"玛格丽特关心地问。

"没事的，真的。"小松答道。

"我已和值夜班的同事说了，如果有警局的信息会尽快通知你的，不用担心，一切都会好的。"

"谢谢！"

"不客气。"

放下电话，小松继续坐在那儿发呆。不一会儿电话又响了，听筒里传来了玛格丽特急切的声音。

"快点下来，警局刚刚来电话了，说有一亚洲男子爬上了铁塔企图自杀，外形条件与你主人比较吻合，我们赶快过去看看。"

听到这个消息，小松赶紧飞奔找到玛格丽特，他们一起招了辆马车直奔艾菲尔铁塔。

铁塔的周围已有不少的警察，很多的游客正抬起头看着上面发生的事情。塔顶入口处已封锁，一般的游客禁止入内。一中年警官挡住了他俩，玛格丽特跟他说明情况，警官稍做了解后才同意放行。

2
拯救

此时，埃菲尔铁塔建成已有三年，分为三层，共有 1711 个台阶，最上方的眺望台距地面有 274 米。

据刚才那位中年警官的情况说明，这位亚洲人是午后才到达铁塔的，年龄不大，三十岁左右。铁塔管理员发现他步伐非常沉重，眼神极为游离，加上是亚洲人，所以比较关注。三个小时后，他登上最上面的眺望台，跨过了防护栏。管理员大声疾呼要他回来，他却站在那儿纹丝不动。看出有自杀的意图之后就报了警。

小松一口气往上冲，274 米的高度只用了半个多小时便到了。到达眺望台时，他已累得要扒到地面上。

太阳落山了，残阳将西边的天空染得一片绯红，在这个世界最高的建筑物上极目远眺，繁华尘世都变渺小了，所能见到的只有天和地。

站在上边的人果然是陆云起，他依然穿着昨日走时那套白色礼服，站在防护栏外的钢筋边缘，大风似乎随时都有可能把人吹倒，而脚下则是万丈深渊。

"不要，老爷！"

小松激动得大声喊叫着冲到防护栏边上，附近的工作人员以为又有人要翻过护栏，赶紧冲上去将小松捉住。

"不要拦我！"他大声喊着，"他是我主人。"

没人听懂他的说话，几个人牢牢将他控制住了。

"他是我的主人，你们听不清吗？"

好一会儿，中年警官和玛格丽特才爬了上来，在警官的示意下，他们才放开了小松。

"让我过去劝说吧！"小松哀求。

玛格丽特走了过去和中年警官商量，对小松说："没有其他办法了，刚才工作人员想了很多办法，你的主人似乎什么都听不见，他的思维好像并不在这个世界上。没有人敢靠近他，惟恐惊吓了他。我们不知道发生了什么，也许你知道，所以他们商量让你拴一根保险绳过去和你主人聊一聊，或许能解决问题。在情况可能的条件下，用力抱住他，将他往里拉，好吗？"

小松没有丝毫犹豫就答应了。系好保险绳，小松便翻过防护栏小心翼翼往前走，往下是万丈深渊，风声在耳边呼啸，几乎让人站立不稳。短短的几步，似乎用了半个世纪才到达。

走到陆云起的身后，小松轻轻地喊了一声："老爷！"

陆云起听到声音，缓缓转过头，看了看小松，眼中满是迷惑和不解，又一言不发转过头，好像他们从不曾相识。

"老爷，你怎么啦？有什么事回家再说吧。"

陆云起没再回头，仿佛周围的一切与他无关。

"我是一个有罪的人。"陆云起说话了，但完全不像他平常的语调。平常他的英语带着很重的美国口音，绝对不会有这么纯正的英国腔。莫非他真把自己当成了……小松想到这，又轻轻地用英语喊了一句："安吉尔，卡翠娜并没有死，她在家。"

"你说什么？她在哪儿？"陆云起转过身来问。

小松趁机一把抓住了他，顺势往里拖。

"不，你们欺骗我，她死了！"陆云起说着摆脱了小松，转过身往下跳。

"不能！"小松呼叫着扑了过去，想再次抓住他，可只抓住了他的衣领，强大的惯性几乎将小松也拖了下来，幸好保险绳发挥了作用，他们俩悬在了空中。

眺望台上的人发出了尖叫，玛格丽特冲到护栏边大声喊："千万不要松，抓紧他。"

警察和工作人员急忙翻过防护栏试图将他俩拉上来，小松的两肩被绳子勒得非常痛。太阳完全下山了，由上往下看，巴黎城陷入了一片黑暗中，星星点点的灯光散布在地面，让人感觉极度晕眩。

小松觉得自己快挺不住了。"挺住，好小子，我们马上拉你上来！"他听到上面有人在喊。

"扑——哧"，撕裂的声音使他被迫往下看，陆云起的衣领从颈肩处开始破裂。

"快点！"小松嘶喊着。

他觉得自己在被一点一点往上提升，就在他被拉上平台的一瞬间，听见了衣领彻底撕破的声音。所有的负重都消失了，身体消失在繁杂而又喧嚣的夜色中，他虚脱过去了。醒来已是第二天早上，他躺在床上，全身如同散架般的疼痛，想起了昨晚发生的一切，他赶忙起了床。"老爷，您在哪儿？"

正靠在沙发上休息的玛格丽特，听到小松的叫喊声赶忙站了起来，示意说："没事，他刚刚睡着。"

"昨晚到底怎么回事？"

"你们被救上来以后，你便昏迷了，后来医生过来检查说没有什么事，也许是过于紧张和刺激的缘故，休息一下就好。你的主人，他似乎一直处于不清醒的状态，昨晚在警局录口供时竟然还说自己是英国人。我们告诉他，他是中国人，他非常激动地和我们争吵，后来又沉默不语了。我们将他送回来以后，他在床边坐了很久才渐渐睡去。"

"你一夜没睡吗？"

"是啊，我看你昏迷不醒，你的主人情绪又这样不稳，害怕有什么事，就一直呆在这儿。"玛格丽特神情疲惫地说。

"真是谢谢你了，早点回去休息吧。我现在没什么事了，主人由我来照顾吧。"

玛格丽特看到的确没什么事，就起身告辞了。小松走到陆云起的房里，看见陆云起正在熟睡，便悄悄地退了出去。

中午陆云起醒了，听到动静小松赶紧走过去，看见他正在房里走来走去，似乎在寻找什么东西。

"你是谁？我怎么会在这？"还是地道的英伦腔调。

"我是小松啊！老爷。"小松用中文回答。

"你说什么？我听不懂。"

小松发觉陆云起无论对他或对周围的环境都是陌生的，难道他真的……

"你是谁？"小松用英语问。

"我是安吉尔，安吉尔·琼斯。"

这怎么回事？难道真是中邪了吗？小松整个人都呆住了。

陆云起迷惑地看了看他，说了声"对不起"就走了。

小松赶紧冲过去拦着他说："你不能走。"

"为什么？"陆云起惊讶地望着小松。

小松解释不清，只好堵在门口。

"你没有权力限制我的自由！"

陆云起推开小松往前走。小松一着急，只能伸出胳膊往他后脑狠狠敲了一下，这是他当年在香山混日子时江湖朋友教他的一招。陆云起被这一击，便软绵绵地瘫倒在地上。

"老爷，对不起了！"小松强忍着泪将陆云起扛到了床上，并拿出绳了将他绑了个结实。

午后陆云起又醒来了，发现自己被绑，气愤地大声喊叫，小松害怕惊动旅馆里的其他人，一咬牙用毛巾将他的嘴塞住了。

下午三四点钟，玛格丽特过来了。她看到小松一筹莫展的样子便问："你们在英国或法国还有什么熟人没有？"

"有，在英格兰的康沃尔郡，今年夏天，我们在那里的一个庄园住了一个月，主人琼斯伯爵是我主人在美国读书时的同学，但是现在他们已断绝来往了。"

"为什么会断绝来往？"玛格丽特好奇地问。

"我也不知道，其实早在圣菲尔堡居住时就有许多匪夷所思的事情发生，竟然有人说他是死去了一百年的安吉尔·琼斯，我的主人也觉得荒唐，但他总摆脱不了这种诱惑，现在，他好像真的认为自己就是安吉尔·琼斯了。"

"你们在圣菲尔堡还认识什么人？比如琼斯伯爵的妻子或其他亲人什么的。"玛格丽特问。

"是啊，"小松醒悟了什么似的站了起来说，"我可以去找她，也许她能够帮助我们，我这就去给她发电报。"

"给谁？"

"琼斯伯爵的未婚妻。"

3
催眠

　　九月底的圣菲尔堡渐渐有了寒意，海伦披着羊毛披肩正坐在起居室里发呆。自从伦敦回来后，罗伯特的心情就变得更差，而且极其敏感，总感觉到有双眼睛在某个角落里望着他。这种感觉并不是恐惧，却让人格外压抑，他的这种状况让海伦很担心。

　　"海伦，我们婚后就离开这里吧，不然我会崩溃的！"罗伯特常这样说。

　　半个月前他们去了趟伦敦，终于把结婚的日子定在了十月。秋意渐浓，圣菲尔堡变得更加诡秘了，史密斯先生突然辞职让罗伯特甚为难过，他不知道史密斯先生收受了渡边的一大笔钱财，已心满意足地移居加拿大了。

　　昨晚刮了一夜的大风，几乎将玫瑰园的花瓣都扫落到了地上，听到风声的罗伯特非常紧张，他说："你听，风中是不是有人在哭？"

　　海伦尖起耳朵仔细听，似乎真有人在哭泣，她赶紧去关了窗子说："别这样，这都是幻觉。"

　　"我怎么老觉得这个房子里有看不见的人在徘徊。"

　　海伦忍不住打了个寒颤。自从上个星期，在伦敦深夜遭遇那个事情后，她便劝说罗伯特回到圣菲尔堡。她想待在伦敦可能会更糟，谁知情况一样的糟糕。

　　"我们出去走走吧！别老待在屋里。"海伦建议。

　　罗伯特点了点头。他们下到一楼大厅看见泰勒太太正急匆匆地从外边走进来。

　　"什么事？"海伦问。

　　"有一份你的电报。"泰勒太太说。

　　"电报？"

她拿过电报，看见了电报来自巴黎，便赶紧拆开，看完后面容变得非常焦虑。

　　"泰勒夫人，你过来一下，我有事和你商量。"

　　泰勒夫人赶紧过去了，他们站在门口耳语了一番，罗伯特站在一旁迷惑不解。

　　"什么事？"罗伯特走了过来问。

　　"妈妈要我回去两天，说家里有点事情找我。"

　　"着急吗？我要马车夫送你回去？"

　　"不用了，我自己骑马回去就可以了。"

　　海伦家距离圣菲尔堡不过二十多英里，从小海伦就常独自骑马来来往往。她是一个勇敢而镇静的女性，有她在身边，罗伯特面对事情就不会那么惊慌。

　　海伦匆匆告别罗伯特，骑马往她家的方向飞奔，但远离圣菲尔堡后，却改变了方向，穿过树林往教堂的方向奔去。原来她是去找贝克牧师。

　　在伦敦那夜与小松意外相遇后，他们找了家咖啡馆聊了很久。小松告诉她贝克牧师对这个事情可能了解些，让她尽快回圣菲尔堡找他，事后他们俩还约了去那个老房子调查，那里面的确住着一群印度人。据说是落魄的王孙贵族，他们远离尘嚣，极少与外界来往。几天前她就这事找到了贝克牧师，贝克牧师听完海伦的讲述颇为惊讶。

　　"果真如此吗？"他自言自语。

　　为了让此事尽快水落石出，他们约定了过两天再去伦敦一趟，却没料到这么快就出事了。

　　贝克牧师正在房间里等待海伦，旁边还有贝克太太和泰勒夫人。泰勒夫人提前过来将情况和贝克牧师说了，其实泰勒夫人早年随老琼斯伯爵因为圣菲尔堡的事情拜会过牧师许多次。为了圣菲尔堡，他们站在同一条战线上。

见到贝克牧师，海伦赶紧将电报拿了出来给贝克牧师看，并说："贝克牧师，您一定得去巴黎救救威廉。"

"不要着急，先喝杯茶慢慢说。"

海伦找了个位置坐下来说："我总觉得威廉和琼斯家族的命运是真的联系在一起，但是有股力量却在阻止着我们去发现什么？"

"你觉得这股力量来自何处，会和在伦敦的印度人有什么联系吗。"

"我不明白是为什么，威廉早已离开了圣菲尔堡，为什么总有股力量要致他于死地。史密斯先生也走了，我也觉得他在其中扮演着什么不光彩的角色。"

"我们可以撇开伦敦的事情不管，你知道巴黎对于琼斯家族的过去意味着什么？"

"卡翠娜，那是卡翠娜的故乡！"海伦若有所悟。

"我得马上去巴黎。"

"可天已经黑了！"

"没关系，我可坐晚班火车去伦敦，明早从伦敦出发！"贝克牧师说着就立即起身让夫人给他收拾行李。

"给汤姆回个电报，说我后天就到巴黎。"

陆云起的精神状态愈来愈消沉。他产生了幻觉，各种各样的人在他周围来了又消失，他总是与不存在的人物对话，自言自语演着谁也看不懂的戏。

渐渐地，他拒绝进食，由于手脚被小松绑着，每次吃饭都是由小松来喂，他总是用一种愤怒的眼光看着小松，后来又慢慢变成了灰暗，最后变成了绝望。看着他渐渐消瘦的面庞，小松不知如何是好。第三天黄昏，当贝克牧师在玛格丽特的带领下出现在门前时，小松几乎委曲得要哭了。

"贝克牧师，陆先生他……"

"你带我先见见他吧。"

"看您旅途挺劳累的，先休息下吧。"

"没关系，麻烦你帮我订好隔壁的房间，我先跟陆先生聊聊。"

贝克牧师边说边随小松来到陆云起的房间。陆云起坐在窗边的椅子上，双目无神，口齿含糊地自言自语。短短一个月不见，他像换了个人似的。

"安吉尔！"贝克牧师走了过去轻轻唤了一声。

听到有人叫唤，陆云起抬起了头，充满了迷惑地望着。

"安吉尔，你还好吗？"贝克牧师继续说。

陆云起无言地摇摇头。

"我知道你心中难过，但这并不完全是你的过错。"贝克牧师一边说着一边帮他解开绳索。

陆云起没有反抗，只是迷惑地看着他。贝克牧师将窗帘拉上，房间陷入了昏暗的状态，他随即搬了张椅子坐到陆云起对面。

"你累了吗？"他轻轻地问。

"是啊，我好累。"

"累了的话就闭上眼睛休息。"

陆云起合上了眼睛，接着贝克牧师便缓缓地把手放在他的额头上，轻轻按摩着，从额头，再到两颊，再到双手，反复均匀地按摩。

"放松点，不想其他任何事情，现在应该舒服点了吧！"贝克牧师继续说道，"闭着眼睛，保持内心清静，除了我的话以外，什么都别想……你觉得双臂双脚都很重吧，放松双臂，放松双脚，放松，放松全身……放松两腿肌肉，放松手臂肌肉，全身放松；你现在很舒服了，继续放松……你更加舒服……你更加放松。你现在只能听到我的声音。现在你会觉得很舒服，全身很松弛，你开始想睡了……

开始想睡了……很想睡了……非常想睡……保持内心清静……只听到我的声音。有规则地深呼吸……深呼吸……你开始入睡……开始入睡……入睡……你睡着了……深深地睡着了。当我从一数到十的时候，你会睡得更深，你会睡得更深。1、2、3、4……"

陆云起头靠在椅子上，均匀地呼吸着，沉沉睡去。

"他怎么了？"小松问道。

"哦，没怎么，我在给他治疗，呆会儿他就会醒来，你们都回避下吧。"

玛格丽特给贝克牧师端来一杯茶，喝了几口后，他又继续说："现在应该好了……你该醒来了，醒来了……你会随着我数的数越大……头脑越来越清醒……你越来越清醒……我现在开始数数：1、2、3、4……你越来越清醒了。"

陆云起缓缓地睁开了眼睛。

"好了，安吉尔，你醒了……你醒了，告诉我你看见过谁？"

"我，我看见了卡翠娜、还有维克多。"

"你在哪里看见他们的？"

"他们都死了吗？我好像从一个大房子里跑出来，又逃到另一个大房子里，我遇见了维克多，还有卡翠娜，但卡翠娜转眼不见了。他们说是我杀了她。"

"是谁告诉你的？那人是谁？"

"维克多！"

"你怎么知道是维克多？"

"我怎么会忘记维克多，他是圣菲尔堡的幽灵，从未散去！"

"你最后一次见到维克多是什么时候？"

"在圣菲尔堡，他一直在圣菲尔堡，直到我离开圣菲尔堡。"

"你在圣菲尔堡见到他了吗？"牧师问。

陆云起没有立刻回答，似乎在努力搜寻记忆的痕迹。

"他在圣菲尔堡的每一个角落里，我能感觉到他在黑暗的角落里看着我。"陆云起喃喃地自语。

"他在圣菲尔堡干什么？你知道吗？"

"他？他来找卡翠娜，他来找卡翠娜！"

"那卡翠娜在干什么？"

"卡翠娜……"

说到卡翠娜，他的思绪完全陷入了当年……

4
雨夜

深秋的夜里，安吉尔正在藏书室看书，忽然听见楼下的花园里有窃窃私语的声音。"是谁？"他站了起来，朝窗外看了看，月光下有两个人影一闪而过。

"他又来了。"安吉尔转身冲下楼，到了花园里，却只看见空旷的一片。花园里的花朵都已残败，稀疏的丛影在月色下显得有些苍白。

"出来，你出来，维克多！"他对着月色喊，远处传来了回声，没有人回答他。过了一会，一位仆人跑了出来，问道："先生，你怎么啦？有什么事？"

"卡翠娜呢？"

"夫人也许在楼上吧。"

话音刚落，安吉尔就往楼上冲去，他想证明刚才一定是错觉。

推开房门，他并没有看见卡翠娜，窗户都开着，寒风吹了进来，不免起了一身鸡皮疙瘩。

"人呢？人都到哪去了？"他大声喊道，转身在门外遇见了卡翠娜的贴身女仆阿黛尔。

"阿黛尔，夫人呢？"阿黛尔一脸茫然地摇了摇头。

"她是不是又去见维克多了？"

正说着，传来了一阵急促的脚步声，卡翠娜从走廊的另一端走了过来。

"安吉尔，怎么啦？"

安吉尔望了望楼顶，若有所思地问："你去塔楼了？到那儿干什么？"

"哦，没什么，我想在那找点东西。"

"不，塔楼上一定藏着什么人。"安吉尔愤怒地说，"你这个骗子，我分明就看见了！"

安吉尔拉过卡翠娜的手往塔楼上去，吓得阿黛尔将手上的东西全撒在了地上。

在阿黛尔眼中，安吉尔这段时间就如同疯子，他说维克多在圣菲尔堡，可她一直没见到过维克多。维克多真的在圣菲尔堡吗？阿黛尔觉得不可能，因为她知道，维克多死了。

阿黛尔不相信有鬼魂，但安吉尔和卡翠娜近来失魂落魄的表现似乎验证着，有什么特殊的力量正在控制着圣菲尔堡。这让她极为担心。其实她是对的，只是她不清楚这种力量来自何方。许多年以后，她被发疯的丈夫乔治杀死扔到海里时才明白，这将是琼斯家族逃不掉的宿命。

接上叙，安吉尔将卡翠娜拖到了塔楼上，他相信卡翠娜将维克多藏在塔楼的某处。

"安吉尔，你不要这样粗暴，我又怀孕了。"卡翠娜哀求。

"你怀孕了？我怎么知道是哪来的野种？"安吉尔眼中散发出一种冷漠的光。

"安吉尔，你病了，你需要治疗。"卡翠娜说。

"我怎么会病，你究竟背着我在干些什么？你说，你说啊？"安吉尔质问。

"你自问你在印度做过些什么吧？现在是报应。"卡翠娜说。

说到印度，安吉尔更是火冒三丈。他拉过卡翠娜，用力将她向后推去，她撞到了身后的木门上，被铁门锁剧烈击中，顿时全身瘫软，倒在了地上。

血从她的下身流了出来。看见了血，安吉尔清醒了不少，赶紧过去扶住她。

楼下的阿黛尔听见楼上的打斗声很担心，便上去看看，正好看见了卡翠娜躺在血泊中，而安吉尔背对着她，看不见什么样的表情。

"杀人了！"阿黛尔惊恐地扔掉了手中的东西，狂奔而去。

家人听见阿黛尔的呼叫声，蜂拥至楼梯口，看见了满身血污的安吉尔抱着奄奄一息的卡翠娜冲进了茫茫夜色中。

他去了查尔斯·贝克的家。老贝克学过医，他想贝克先生也许能救卡翠娜。

"贝克先生，求你救救她。"

安吉尔哀求着，在他怀里的卡翠娜像被水浸泡过，浑身湿漉漉的，裙下在流着血，奄奄一息。贝克先生赶紧过去将卡翠娜抱到床上，问："这是怎么弄的？"

"是我杀了她！是我杀了她！"安吉尔蹲在地上，捶着自己头说。

"她流产了，你怎么对她的？背后有个伤口，是钝器所伤。"

"我推了她一下！"

"她快不行了！"贝克先生摇了摇头。

"不，您得救救她，您一定得救救她！"安吉尔站起来紧抓住贝克先生的手喊着。

"琼斯先生，你听我说……"贝克先生努力想让安吉尔镇静下来，忽然听见卡翠娜的喉咙深处出声了，似乎有什么话说。

"安吉尔……"卡翠娜说。

所有人都安静了下来，安吉尔跪在她身边小声说："我在，亲爱的。"

"有一封信在我的化妆盒里，你拿着它去印度找……"话没说完，一口血水让她几乎窒息。

"亲爱的，你别再说了，我会去看的。"

等了一会儿，卡翠娜稍缓过了气，又说："带我去海边吧！我要回家。"

"回家，回哪儿？"

"我要回家，回巴黎。"

安吉尔无奈地望了望贝克先生，贝克先生点了点头，门外大雨倾盆，黑沉沉的一片。

"穿上雨衣吧，这里有盏马灯。"

贝克先生拿来一件雨衣给他披上，他接过马灯，背上卡翠娜出门了。

雨一直下着，顺着雨衣流下来，模糊了眼睛，马灯微弱的光芒，几乎没发挥什么作用。树林里有避雨的鸟儿在惊叫，四处乱闯。

"卡翠娜……"他回了回头呼唤着，她却没有再回答。"挺住，挺住，就快要到了！"

不知道怎么，马灯忽然熄灭了，顷刻间四周陷入绝对的黑暗。原来以为没什么作用的马灯，其实一直在发挥着弱小的光，而现在该往哪儿走，他分不清了。

他看见前边的一个忽闪忽闪的亮点，紧接着听见了海浪的轰鸣，到海边了，那亮点是灯塔中的灯光。他摸索到了灯塔边，用随身带的刀具将灯塔的门撬开走了进去。

"卡翠娜，你醒醒，我们到了。"

雨停了，笼罩在大海上的厚厚云层也散开了，点点星光照入了塔内，他看见卡翠娜惨白的脸上有了些许的红色。

"卡翠娜……"他握住她的手轻轻呼唤。

有一道泪痕在她眼角轻轻滑落。"到哪儿了？"

"在海边！海那边就是你的故乡。"

"安吉尔，你要答应我一件事。"

安吉尔赶紧点点头。

"我死了，你一定要去印度，你要去赎罪。在塔楼上，我的箱子里有个化妆盒，里边有封信，你一定要找到。"

安吉尔泪流满面。

"亲爱的，你不要哭，我死了你就把我砌进这灯塔的石墙里，要面朝大海，我会等着你回来的，我一定要看着你回来。"

5
罪恶

谈话到此，陆云起情绪已无法自持，谈话只好暂停，让他情绪平息一会儿。

休息了一会儿，贝克牧师继续问道："你找到了那封信了吗？"

"没有，我回去找过，但没有找到，我知道我应该去印度，因为我的罪孽的确深重。那天夜里，我回去找了些工具，将卡翠娜的遗体砌进了石墙。黎明时分，我驾船离开了圣菲尔堡。我驾船离开的时候，看见维克多在岸上露出了狰狞的笑容。"

"卡翠娜也许不是你杀的，你的背后有推手？"贝克牧师问。

"我不知道，我日日夜夜都被这个问题所困扰，再也没有快乐过。我永远无法忘却卡翠娜，是我杀了她，不管是否真的死在我的手下，我都罪责难逃，我没能保护她。我就是凶手，我要去赎罪，所以我走了。"

"你想知道那封信的内容吗？"贝克牧师问。

陆云起点了点头。贝克牧师从包里拿出一个化妆盒，接着从里边抽出了那封信。

陆云起接过那封信，虽然年代已久，上边的字依然清晰可见。

"能让我安静地待一下吗？"陆云起问。

"当然可以，我现在休息一下，也许明天我们可以继续。"贝克牧师站了起来说。

房间里又安静了，只有窗外的嘈杂声传了进来，陆云起打开信读起来。

琼斯太太：

希望我的这封信在你需要帮助的时候能给予你帮助，关于你的丈夫琼斯先生的病情，我不得不如实相告，琼斯先生患有很严重的精神疾病。表面上他似乎很正常，却随时会进入臆想的世界，在这个臆想的世界里没有什么逻辑可寻。我想他也许是被人控制了，与他的交流中我得知他曾在印度呆过很长的时间，或许问题就出在印度。

在古老的东方，有种蛊术，将综合各种毒物而制造的毒液注入人的体内，融入血液就可从精神上控制一个人，并可随着血脉一直往下遗传，所以琼斯太太，你一定要劝你的先生回到印度找到给他下药的那个人。

他似乎对在印度的一切不愿多谈，有一次甚至当场失态，说了一句"无可奉告"便匆匆离去。据我从朋友那了解，在东方，只有对一个人极其仇恨才会下这种蛊毒，并随着仇恨生生世世延续下去。我不能说太多，有些也只是我的猜测，我只希望这封信在你需要的时候能给你帮助。

再次祝福你们！

你的山中隐士
1789 年 3 月 12 日

他的思绪随着这封信又回到了印度。

那是 1786 年年初，安吉尔和马克西姆从加尔各答出发来到印度北部山区寻找莫里邦已将近一个月了。在印度各土邦中，莫里邦是一个颇具神秘色彩的邦，它隐藏在群山中，无论是邦主还是居民都深居简出，外人根本无法找到进入它的路径。

这个地方潮湿而又炎热，有着"世界雨极"之称。

忽然间，风云大变，倾盆大雨瞬间而至，他和马克西姆赶紧躲到了山崖脚下，天黑后大雨也丝毫没有减弱的意思，四周听见的是轰鸣的流水声，地上的积水已过膝。

"走吧！不然我们会死在这儿的。"安吉尔说。

马克西姆看了看四周，无奈地迈开了脚步。

那时安吉尔到达印度已有三年。两年前受马克西姆之邀，他来到加尔各答为英属东印度公司训练雇佣军，这些雇佣军表面上是印度土邦王公拥有，但这些土邦王公因受东印度公司的保护，实际上是为英国人所控制。在征服印度次大陆的过程中，雇佣军发挥了重要的作用。

第二年，以莫里邦为首的一些东北土邦联合起来对抗东印度公司在印度的扩张，殖民政府使出了惯用的离间手段。但英国人这次发现不管用了，莫里邦的影响力太大，没有人愿意背叛莫里邦主。

既然用手段解决不了问题，那只有用武力了，可是莫里邦隐藏在茫茫的大山深处，如何才能找到？

东印度公司派出了两位强悍的军人，安吉尔和马克西姆前往北部山区寻找可以进入莫里邦的路径。作为曾一起征战近半个地球的好朋友，自然没将这任务放在话下，只是进入北部山区近一个月，除了老虎和大象，半条路的影子都没看见，当地人见到他们就像见到魔鬼般避之唯恐不及。

老天也好像故意和他们作对，这天又遇上从不曾见过的大雨。

"安吉尔，我们是在水里游泳吗？难道这是下雨，我根本就呼吸不到空气了。"马克西姆大声喊。

"走吧，再不走就真的淹死了，往高点的地方走！"安吉尔说。

他的话刚落音，听见一声巨响，一股洪水夹杂着巨石块从山上冲刷而下。

"马克西姆，快躲开！"

"什么，我什么都看不清……"

话未说完，一块石头砸了过来，正好砸在马克西姆身上，随即而来的洪水即刻将马克西姆卷走。

"马克西姆！"他抓着一棵大树的树枝大声喊着。等洪峰过去后，他赶紧去寻找。大雨几乎让人的眼睛无法睁开，无法去搜寻一个受伤的大活人。

洪水已过了腰部。

二十分钟后，他找寻到马克西姆。洪水已到了胸部，而马克西姆却陷入了昏迷。大雨丝毫没有要停歇的意思，巨大的轰鸣声塞满了整个山谷。必须马上逃离这个地方，不然他们两个人都活不成。可他们能往哪儿逃？只能往高处走，可这陡峭的山坡上处处是激流，但没有别的选择，不然就是等死。

他从背包里找了一根绳子，将马克西姆捆在背上，一步步向山上爬去。雨渐渐小了些，积水也在下降，情况的好转鼓励着他奋勇往上攀爬，就在这时一阵由远而近的巨响震得大地都在颤抖。

"糟糕，山洪暴发了！"他大喊了一声，但背后的马克西姆依然无动于衷地处在昏迷状态。他只好扔下行李带着他往树上爬，只爬了一半，洪流已至，巨大的冲击力将大树连根拔起，向山脚奔去。安吉尔在洪水中挣扎几下，很快便失去了知觉。

他醒来的时候，一切都恢复了宁静，一轮明月静静在天空悬着，耳边是水波轻轻荡漾的声音，空气中散发着鲜花初开般的清香。他正在一艘木船上，有几个人正在船头划船。

"马克西姆……"他呼唤道。

一个人赶紧跑了过来，扶住他用英语说："不要着急，他受点伤昏迷了，我们已对他伤口进行了处理。"

他抬起头，看见了一个年轻的印度女孩，大大的眼睛在月光下熠熠闪光。他挣扎着想爬起来，却觉得全身剧痛。

"带我看看！"他说。

"阿达，过来扶下这位先生。"这位女孩说。

一位年轻的男人走了过来，向他鞠了一躬后，伸出手扶住他说："那位先生还在昏迷中，但已不碍什么事了，我们已用草药将他伤口处理了。"

他走过去，看见马克西姆正躺在一简单的担架中，平静得似乎在熟睡，他这才放下心来。

"先生，你还是坐下来休息吧，虽然你只受了点轻伤。"那位女孩走过来说。此时他才仔细打量起她来，浑身上下洋溢着青春的活力。她身披红色纱丽，在夜晚的微风中别有一番风情。

"没关系，这儿的风景太美，我想欣赏欣赏，我叫安吉尔，非常感谢你能救我们。"

"我叫丽达，也很高兴认识你！"她望着他轻轻笑道，一种甜蜜的清香融化在这夜里，飘散在静静的小河上。小船往前行驶，不一会儿便转入一条更小的支流中，岸边是遮天蔽日的植被，在月色的掩映下显得斑驳陆离，鬼魅异常。

"来，把眼睛蒙上，不该看的东西就不能看。"丽达用一块红布将他眼睛蒙上说。

黎明时分，他们到了河流的尽头，丽达帮他取下红布，一座宫殿在薄雾中显现，莫里邦终于到了。安吉尔露出了得意的笑容，真是得来全不费功夫。

两个月后，也是在月圆之夜，莫里邦遭遇了没顶之灾，除了公主丽达等少数几个人，王室成员几乎被英国人全部屠杀，所有的珍宝洗劫一空，莫里邦彻底成为了历史书里的一个记载。

6
路途

贝克牧师敲开陆云起的房间时，他依然坐在椅子上，深陷在记忆中。阳光静静照在窗台上，似乎现实与他无关。

"安吉尔，你好些了吗？"

"我不好，我知道你们都以为莫里邦是我出卖的！"

"我相信你不会，但你一定要告诉我是怎么回事。"贝克牧师拍了拍他的肩膀。

"不是我，也不是马克西姆，而是马克西姆的太太把这事透露出去了，她的父亲是东印度公司一位高层。马克西姆的太太在此事后不久死于霍乱，也许这就是报应。为了这事马克西姆也感到内疚，和我一起返回了英国，在伦敦呆了两年才重返印度。"

"但丽达认准的只有你，只有你在进入莫里邦时是清醒的，马克西姆是昏迷的。"贝克牧师说。

"是我将详细情况跟马克西姆说了。是的，就算不是我直接导致了莫里邦的灭亡，那也是因为我才导致了这一切，就像卡翠娜的悲剧，虽然我不是直接的凶手，但实际上我就是凶手。"

"别这么想，安吉尔，你告诉我你爱过丽达吗？"贝克牧师问。

"也许有过瞬间吧，那不是真正的爱，那是感激。没有她我就死在山里了，没有她我也永远回不来了。"

"此话怎么说？"

"来到莫里邦后，我们的行动受到了限制，因为我们是外来的。这是一个巫术盛行的国度，他们盛行使用一种迷幻术控制他人，我和马克西姆知道这是不可久留之地，总在寻找可以逃脱的方法，却怎么也找不到出路，后来我们的动静被发现了，邦主要求对我们施以巫术变成可以受控制的奴隶，永远留在莫里邦，幸亏丽达给我们求情。

"原来他是邦主的女儿，也算是个公主吧！她说她爱我，要嫁给我，邦主这才作罢。我当时确实以为我真的要永远留在莫里邦了，心里很难过。但有一天，丽达突然将我和马克西姆带了出来，我们被蒙上眼睛上了船，就着样出来了。取下蒙眼的布，我又看见如同那夜的明月、丽达，还有划船的阿达。丽达很难过，她悄悄地在我耳边说，如果想见她，月圆之夜到那来。只有月圆之夜占据水道的植被才会展开。"

"可你再也没有见到她了！"

"是的，后来我只见过阿达，他是丽达的表弟，在我要回英国的时候，他突然出现在加尔各答的码头上，我几乎被他打死，因为我没有理由反对，他说雇佣军进入莫里邦时，丽达和他正好不在城内。她想我也许会来，所以驾船出来了，因为那是个月圆之夜。我是被我的手下抢救下来抬上船的，船开了，我迷糊地看见丽达站在码头上，红色的纱丽在风中飘荡，脸色如死灰般惨白。"

陆云起说着痛苦地弯下了腰，用双臂抱着头说："为什么会这样……"

"别这样，安吉尔，这不是你的错。"贝克牧师安慰他。

"但这一直是笼罩在我心头的阴影，卡翠娜的死证明我在印度的事没完，我必须去印度赎罪。可我驾船离开圣菲尔堡时分明看见了维克多骑着一匹白马在海边，眼神中充满了鄙视，我落到这般地步，也许就是报应。"

"你离开圣菲尔堡，直接去了印度吗？"

"我首先去了法国，短短的几年，法国在大革命的洪流中已物是人非，圣雷米斯繁华依旧，当年那场大火的印记已无影无踪。约瑟夫先生的两个儿子都回来了，他们在经营着葡萄酒庄，没人记得那次火灾和屠杀，它似乎只存在于我的记忆里。接着我去了比利斯山中寻找隐士先生，昔日的树林、小溪依旧，只是石屋里已空空如也，隐士先生早已不知去向，留下的只有寂寞的回音和惨淡的回忆。"

"你离开法国后呢？"

"我去了印度，去了东北部的山区，那里的一切也都改变了，再也没有了神秘月夜的秘密通道，殖民者已占领了所有地方，我一无所获。

"失望之余回到了加尔各答，找到了两年前返回加尔各答的马克西姆。我要生存，只有返回东印度公司工作，我想我们总应该为印度人民做点什么。

"18 世纪后期，我们加入了弹劾黑斯廷斯总督的运动，1798年黑斯廷斯终于在一片反对声中下台了。四月，韦尔斯利就任印度总督。在此之后，我们开始有计划地关心土著人民的生活，革除了殖民地落后的陋习。我想我终于找到自我了。

"但是征服并没有停止，1799 年的印度南部宗教冲突不断，不断有流血事件，有欧洲人被当地宗教狂热分子屠杀的事件发生。

"我和马克西姆带领了一支军队参与了对骚乱策源地伊斯兰教的迈索尔首攻战，五天后我们攻陷了这座城池。到处都是抢劫，不是流民和乱匪在抢劫，而是我们英国人在正大光明地抢劫王室的珍宝，连马克西姆都像疯了一样，把能见到的珍宝揽入怀中。我对马克西姆说，我们怎么能够这样，究竟谁是野蛮人谁是文明人。但马克西姆却告诉我，这一切都是我们应得的，我们付出了这么多的努力，难道不值得得到补偿？

"听完这些话，我也被周围的气氛所感染，仿佛有种诱惑在指引着我，去抢劫那些本该不属于我们的东西。我想我是着魔了。我们满载而归回到了加尔各答，受到了韦尔斯利总督的热情款待，在欢迎宴会上我才彻底清醒，不停地问自己，我究竟是谁，我们的灵魂究竟要为谁负责？"

"那你究竟是谁？你现在清楚了吗？"

"我不知道，那年我去斯里兰卡旅行，在途中遇见了一位僧人。他神情淡定，平静悠然，而我却愁云密布，心事重重。我问他怎么样才能像他那样回复到心灵的根源，他说只有将自私、贪欲、嗔恨等这些欲望从心中根除，才能回复到心灵之初。回到加尔各答，我便辞去了军队职务，不想再有战争和掠夺，开始了贸易生涯。"

"你希望通过商业贸易来改变自己？"

"没有，我要在异国他乡生存，必须要工作，所以我选择了做贸易。1801 年，我随着东印度公司的商船去了东印度群岛和菲律宾群岛，发现西方人已在那些地方蜂涌而入，我便想去一个没有太多欧洲人涉足的地方，那就是中国。

"很多年以来，我便希望能去中国，但它却像一个神秘的巨人让人无法看清它的面目。在欧洲，我曾看过不少关于中国的书，在我印象中它竟然有些像个天国，平静、宽容、富裕。我想那儿应该是我心灵最终的归宿。第二年，我开始了中国之行。"

"中国是你想象中的中国吗？"

"没有，我首先到达的是澳门，就像所有欧洲人在东方的殖民地，我们在那里建立了自己的社区，过着与当地人截然不同的生活。虽然澳门只是欧洲人当时在中国唯一的据点，我却感到，中国最终会和印度一样在西方人手中沦落。"

"是因为中国的落后，让你震惊？"

"不，是因为西方的贪婪与无知，在让中国沦落。"

"你为什么会有这样的感觉？"

"中国看上去是个庞然大物，它比整个欧洲还要大，但是几千年来它变化缓慢，它的市场远没有我们想象得那么大。由于中国政府当时只允许广州作为唯一的对外通商口岸。在澳门稍作停留后，我们便去了广州，可我们发现我们带来的货物根本销售不出去。我不知道这个拥有数亿人口的帝国到底需要什么，而中国政府也不允许我们深入到中国腹地进行调查和考察，第一次我们无功而返。"

"你又回到了加尔各答，马克西姆曾说你在1802年去了中国后再也没有回来，但你又回到了加尔各答？"

"马克西姆始终热衷于征服，就算回到加尔各答，我也很难见到他。回到加尔各答，我发现了一种商品在中国的需求量很大，它就是鸦片。"

"鸦片贸易？是什么驱使你去做这种罪恶的贸易？"

"当时我没有意识到鸦片对人的危害，反而对它有好感，在人伤心的时候它可以慰藉你的心灵。"

"莫非你试过？"

"在领兵打仗的时候我们就用过，不过当时是用来止痛的。但是在后来的鸦片贸易中渐渐上了瘾。后来，我又从加尔各答起程带着鸦片来到中国，货品的销路很好，再加上鸦片的作用我的心情很不错，手上有一些钱，我便想到中国内陆地区去看一看。"

"那时的中国政府不是禁止外国人在澳门以外的地方居住和在广州城以外的地区从事贸易和旅行吗？"

"但那不是绝对控制的。到了广州以后，我购置了一套中国的行头，戴上帽子和墨镜便骑着马偷偷溜出了城。一路往北走，我希望能到达北京，这是我渴求多年的梦幻之行。旅途的确是美好，虽然路上有不少流寇和强盗，但对于一个曾征战半个地球的人来说，这绝不是停止不前的理由。"

"你什么时候到了北京？"

"一个月后我到了九江，雇了一条船去江宁府。我沿着长江而下，几天便到了江宁城外。当时我计划先去看看马可·波罗笔下的杭州，再顺着运河去扬州，最后才去北京，这三个曾是马可·波罗眼中世界上最辉煌的城市。

"但在我到达江宁城的夜里，我和船东喝了些酒后便昏昏睡去了。第二天清晨醒来，我所有的行李和钱财都不见了。正好我的烟瘾又犯，踉踉跄跄地跑上了岸，全身像有千万个虫子在蛀着我的骨头。我大声呻吟着撕掉了全身的衣装，街上的人们都漠然聚拢来观看这个奇怪的、长着黄头发和蓝眼睛的怪物在大街上嘶吼。看热闹的人们聚拢又散了，散了又有新的一帮人聚拢过来观看，一直到了天黑。

"深秋的江宁城有些冷了，我脱掉的外衣找不着了，不知烟瘾的原因还是真的冷，我全身抖个不停，在城外找到了一所破庙，暂时歇息在里边。半夜醒来全身滚烫，我想我可能是要死了。天渐渐亮了，当第一缕阳光照进庙里的时候，我看见了一尊佛像，虽然已破败不堪，却安详，沉静。

"下午，我又昏昏沉沉地睡去了。在梦中我回到了圣菲尔堡，那是一个雨后的黄昏，卡翠娜站在楼梯边上对我笑着说，你回来了？

我说是啊。卡翠娜却转身走了，我怎么追也追不上，圣菲尔堡变成了一个我不熟悉的世界，处处是陷阱和陌生的岔道，我终于迷失了方向。突然我听见了一声惊叫声，醒了。有一群小孩跑到庙里来玩，看见了我，大声喊，鬼……鬼……然后跑了。

"我回头看看佛像，佛像活了，微微睁开眼看着我，他破旧不堪的身躯光芒万丈，辉映了整个庙宇，而我的心忽然也解脱了，不再寒冷和痛苦，因为我死了。"

"你不再是安吉尔了，那你是谁？"

"前生来世真的会有联系吗？我们分隔在不同的时空，有着不同的人生，但为什么冥冥之中会有许多割舍不掉的事情，仅仅是缘分吗？

"道光元年，我出生在江宁城外的孙家，还算是比较殷实的书香门第。父母虔诚信佛，衣食无忧，最大的心病是膝下无子，大哥在两岁那年死于天花，十年了也没看见母亲的肚子再鼓起来。

"嘉庆二十五年，父亲和族人一起凑钱将村口那座废弃多年的破庙修好，不久母亲就怀孕了。当时族人纷纷来道喜，说是父母的虔诚感动了佛祖，于是给我取名为孙祖恩。

"每逢过节，父母都要带着我去庙里烧香，我也渐渐和庙里的住持熟了，再大一点便常常待在庙里，天黑以后母亲来寻才回家。我从小就与别的小孩不同，生性不顽劣，喜欢安静，除了寺庙，似乎没有太多东西能激起我的兴趣。八岁，父亲为我找了一个私塾让我去念书，希望在有生之年看到我求取一个功名。有意思的是，私塾后面就是那座寺庙，空余的时间仍跑到那儿听和尚念经。再后来我识字了，便常在庙里自己翻阅佛经。"

"你认为与佛的缘分是天生注定的？"

"是的，是佛在指引我洗涤前世的罪孽。十四岁的时候我向父母提出要出家，父母亲坚决不答应，甚至以死相胁，我也就没有再提此事了。后来，父母亲忙着为我张罗了一门亲事。十五岁的时候我结婚了。十七岁，我的第一个孩子出生了，是个男孩。十八岁，我考取了秀才。十九岁，我又生了个孩子，是个女孩。二十一岁，乡试中举，所有的人都向我的父母恭贺我少年得志，但我心中明白这一切都是空的，只是为了报答父母亲的养育之恩。在一切都该要结束的时候我走了，去了普陀山出家。"

"你真的舍弃了一切吗？"

"我舍弃了一切，与佛为伴。普陀山十年是我内心最为平静的十年。那是在一个岛上，除了钟声鼓声，只有海涛的声音，看着太阳每日从东海升起，常常会感到人是多么渺小。多少人在这个欲望之海里沉浮，看不到彼岸，他们生生世世在寻找的究竟是什么？"

"是快乐！"

"但是你快乐过吗？"

"生而有罪的人是不会快乐的。"

"平静的时光总是短暂的。咸丰四年，心忽然乱了起来，许多忘记了的往事在梦中漂浮。有的是熟悉的，有的是陌生的。这些人和事日渐在心中缠绕，渐渐就摆脱不了。师傅告诉我因为尘缘未了，因果近日可见分晓。果然不出一个月，一个少年跑到庙里来找我，他一见到我便哭着喊爹。来的是我的儿子，他已有十四岁了，离家的时候他才四岁。"

"那么究竟发生了什么事呢？"

"爆发了太平天国运动，席卷了半个中国，所到之处十室九空，特别是在江淮一带。原本是中国最富庶的地区竟然荒无人烟，最后太平军定都江宁府，并改称'天京'，意思是'天国之都'。天国的领袖为了充实新的后宫，在江南地区大肆搜罗美女珍宝，稍有反抗就格杀无论。

"我的父母在保护我女儿的过程中被杀，整个村庄被踏平，儿

第
四
章

被
记
忆
惊
醒
后

171

子因为出门在外幸免于难，一路乞讨来到了普陀山。听到这个消息，我哭了，曾经以为不会再为俗世中的事情所烦扰，但是儿子的到来击碎了这个幻想。将儿子安顿好后，我便启程去寻找女儿。她才十岁，怎么经得起这些强盗的折腾！

"我打听到了我的女儿在东王府，我不知道打点了多少关卡，终于以工匠的身份进入了东王府，但就在那天却发生了'天京兵变'。天王从外地调回军队围攻东王府,将上上下下几千人全部杀害。

"由于我是临时进入东王府的工匠，幸免于难。我知道我的女儿是不可能再回来了，东王的家属、侍从、亲信没人能幸免的！"

"他们最终导致了你信仰的动摇吗？"

"不，是他们以神的名义亵渎了神，为什么有这么多的丑恶会以圣洁的形象出现？我再也无法回复到曾有的宁静，愤怒席卷了我的心身，困扰我的疑问越来越多，前生今世的不了缘在每一个孤独的夜里黯然浮现。我在天府前自焚，以身与罪恶抗争。"

"你又死去了，那么后来你又是谁呢？"

"祺祥元年，也就是1862年，我出身在香山的陆家，我的名字叫陆云起。"

"陆先生，你知道我是谁？"贝克牧师高兴地问。

"你是贝克牧师！"陆云起说。

"你终于都记起了,真令我高兴。"贝克牧师说着，便唤来小松。

"老爷！我是谁？"小松有点半信半疑。

"小松啊！"陆云起说。

"是，是，老爷。"小松眉开眼笑地答应。

"但是有点我还不明白，那晚在圣但尼你见到的到底是谁，真的是维克多吗？维克多到底在其中扮演什么角色？我记得当年卡翠娜与安吉尔相识时在枫丹白露遇见过阿达，那么说阿达那时已到了欧洲。有没有可能他找到了维克多，通过维克多控制了琼斯家族？"

"这我就不清楚了，我感觉得到，维克多一直存在，渡边似乎知道很多事，他一直在利用这些背后的手！"

　　"那我们下午去看看吧，也许对我们了解事情的真相会有帮助。"

第五章
跨越彩虹的不死鸟

　　传说寿限将至的不死鸟会在巢里自焚，但三天后却将
重新升起，像基督一样复活。当它飞过天空，人们会看见
一道彩虹，在彩虹的那一端是记忆中的故乡。

1
劫持

伦敦的一个午后，海伦躺在沙发上望着窗外。罗伯特觉得最近海伦心事重重，对即将到来的婚礼心不在焉。

"亲爱的，你怎么啦？"他问。

"没什么，在想些事情，你让我静静。"海伦说。

"下午我要去见一个朋友，你能陪我去吗？"

"对不起，我有些累，让我休息下吧！"

罗伯特无奈地答应了，午后便一个人出去了。

海伦并不是真正累了，她一直在想着陆云起和罗伯特之间的事情。昨天夜里，罗伯特又悄悄去了郊外的宅子，联系到陆云起最近发生的一些事，她非常害怕。今天一定要去拜访那个屋子里的主人，她想知道，那里到底住着一群什么样的人。

罗伯特走后半小时，海伦整理一下便出门了。

也许是巧合，罗伯特需要拜访的人临时有事取消会面，因为惦记着情绪不那么好的海伦，他很快就返回了。在路口看见了匆匆外出的海伦，他顿生迷惑，决定跟踪她。

海伦在不远处拦了一辆马车，直奔北郊而去。罗伯特也赶紧拦了一辆马车紧紧跟随着。

走了许久才在一幢旧房子前停住了，海伦从马车上下来，轻轻敲了敲雕花的铁门。院内静悄悄的，只隐约听见从屋内传来的声响。

"有人吗？"

过了许久，终于有了动静，一个几乎全身被黑衣包裹的人走了出来，用着奇怪的英文问："小姐，您找谁？"

"请问你是……"

"我是这里的仆人，小姐。"

"哦，我想拜访这里的主人，不知道可不可以？"

"您稍等下，我去传报一下。"

黑衣人说着便返回了屋内，过了一会儿，黑衣人走了出来将铁门打开说："请进吧！"

走到了院内就闻到了一股刺鼻的咖喱味，黑衣人一直走在前边，沉默得令人害怕。她想停下脚步，却没有这个勇气了。

沉重的木门打开了，里面是宽阔的大厅，大厅的沙发上坐着一个人，光线昏暗，而那人却一动不动坐在那儿。黑衣人带她进入大厅后就退出去了，剩下她一人站在那儿。

"请坐！"那人说道。

她觉得声音有些熟悉。

"海伦，我就知道你会来的，我一直在等你。"

海伦惊讶地问："你是谁？你怎么知道我的名字？"

那人没有回答，只是缓缓地站起，走到窗户旁将窗帘拉开，一束并不明媚的光线照在他的脸上。

"渡边，原来是你！"海伦失声喊道。

"是我，奇怪吗？但我要告诉你，我只不过比你早到这儿两小时，两小时前这里居住着印度莫里邦的一群余孽。也许你没有听过安吉尔与莫里邦美丽公主的故事，由于公主的多情，使莫里邦在一百年前遭受了灭顶之灾，潇洒的琼斯先生拍拍屁股就离开了印度，但是莫里邦王室的遗孤可从来没有忘记过琼斯家族的人。"

"我不明白你在说什么，我只想知道你现在扮演的是什么角色。"

"我并没有扮演什么角色，我只是个旁观者！"

"那你怎么可能了解这背后的一切？"

"中国有句老话，'旁观者清，当局者迷'，意思是说深陷事情中的人总是迷惑的，而与事无关的人才能看清事情的真相。"

"那你了解到什么？"

"圣菲尔堡没有什么鬼，也没有什么卡翠娜，卡翠娜都死了一百年了。琼斯家族的一切都来自心中的鬼，当年安吉尔在印度犯下的罪、欠下的债需要琼斯家族用生生世世来偿还。也许安吉尔早就忘记了，但他们永远不会忘记。在加尔各答港有一个传说，有一个幽灵日日夜夜潜伏在港口，伺机登上去英格兰的轮船。她要去英格兰找一个人，这个人就是安吉尔。这位幽灵生前是一位土邦的公主。十八世纪后半页，英国征服印度的过程中遇到了一些土邦邦主的激烈抵抗，她的父亲就是其中的一位。公主外出偶遇安吉尔，对他一见钟情，就带着他来到这片神秘的国度，谁知某天夜里英国人的军队不期而至，土邦家族几乎遭到了灭顶之灾。幸免于难的公主看见了心上人和那些征服者在一起，才知道原来爱情不过是一个阴谋。公主追踪安吉尔来到加尔各答，她要报复，她要让这个男人生生世世不得安宁，但她找到他时，却看见他登上了返回英国的船只。

她想登上这艘船，却被水手推下了海淹死了。但仇恨让她化作了幽灵，日日夜夜潜伏在加尔各答港，等待着机会登上去英国的船只。"

"不，这只是个传说！"

"海伦，你相信轮回吗？你相信来生吗？"

"我对佛教不感兴趣！"

"我也不信，那位公主早就死了，她找不到安吉尔，但是有人没有死，就是莫里邦王室的阿达。他一百年前就到达了英格兰，同行的还有几位臣民，余孽们在此繁衍生息。阿达一百多岁了，你不要问他为什么能活到这么长，他是个与众不同的人，当年王国所有的蛊术和巫术他都懂，他能通过施蛊迷惑人心，能控制人的思维，让人活在幻觉中，这就是一百年来琼斯家族悲剧的根源。"

"就算是这样，可你为什么对这件事这么感兴趣？"

"这事说来话长，既然话说到这儿了，我就告诉你，我感兴趣的是威廉。这些只是关系到我们各自国家的事情，在跟踪威廉的过程中，我们发现了一个不可思议的事，威廉就是安吉尔·琼斯，他回来了。昨晚我们的耳目在巴黎窃听了他和贝克牧师的谈话，太神奇了，真是大千世界无奇不有。他和琼斯家族有着某种说不清的联系，琼斯家族遗传性精神病他也有，于是才会有事关卡翠娜的一切故事。当然我们在其中发挥了推波助澜的作用。刚才我问你，相信来世吗？其实我也不愿相信，但威廉的故事让人觉得似乎真有此事。"渡边说完直摇头。

"我相信，我一直就相信威廉。"

"但是现在晚了，阿达他们在我的手里！"渡边得意地笑着说。

"什么意思？你不是愿意帮助琼斯家吗？现在让我见见他们吧。"

"当然可以，但你得说服罗伯特跟我们合作。"

"合作什么？"

"我们所要的不仅仅是情报，更重要的是控制住阿达，我们将拥有超凡的控制能力，拥有对于人内心的控制力。这一切对琼斯家族来说也是个解脱！"

　　"你休想！"海伦站了起来。

　　"别这样，海伦！"渡边依然微笑着。

　　"不好意思，我得走了。"海伦说着就站了起来往门口走去。

　　渡边走了过去拦住她说："你别走，希望你能配合我们。"

　　"我要走，你难道还不准我走？"

　　"是的，你如果执意要走，我会毫不犹豫地拦住你！"渡边说着就用手去抓海伦。海伦试图躲避，却没料到渡边的行动甚为迅速，马上控制了她的去向。她不断后退着想寻找一个支撑点却找不到。一顿乱抓后，抓住了个花瓶，她拿起花瓶狠狠地砸向了渡边。渡边"啊"地叫了声，松开了手，海伦乘机扭开了大门冲了出去。

　　"来人啦！"只听见渡边一声呼喊，一群黑衣人从各个角落里窜了出来，站满了整个院子。

　　"救命啊！"海伦大声喊着向铁门口冲去，但很快被黑衣人抓住了。就在这时，一位勇士骑着马冲破铁门飞奔而来，将黑衣人冲散将她拉上了马。她回头一看，这位勇士不是别人，正是罗伯特。

　　"你怎么来了？"她问。

　　"待会儿再说！"罗伯特说。但就在罗伯特调转马匹准备向铁门外奔去之际，渡边拿着一个不知名的物体扔了过去，罗伯特应声落马。

　　"快走！"罗伯特在马屁股上踢了一脚，马撒开腿跃过铁门向外狂奔而去。

　　"罗伯特！"海伦大声喊着，但马儿狂奔着很快就出了这个区域。跑了很久后，马才停下来，疲惫的海伦翻身下马，跌跌撞撞地奔向了警局。等到警察到了旧宅，早已人去楼空，只剩下一片狼藉。

2
废墟

陆云起与贝克牧师正在树林里找寻波利纳城堡的遗址。城堡早已淹没在树林里，他们根据路人的指点，才找到废弃的马车道。因为荒芜了许多年，马车道已被野草和灌木覆盖，但从两旁整齐排列的参天大树，依然能辨认出往昔的气派。

"是这里，那天夜里我来的就是这里。"陆云起对贝克牧师说。

正说着便见树木与草丛渐渐稀疏，不一会儿正前方豁然开朗，庭院展现在眼前。

"到了！"陆云起说。

庭院相当破旧，石头的围墙大部分已坍塌，蔓藤覆盖了墙体，甚至连雕花的铁艺大门也歪歪斜斜地没入草丛中。

从大门口通向城堡的石板路长满了野草，干枯的水池里尽是杂物。这个家族曾经荣耀的城堡已是残败不堪。坍塌的墙体上，有小格花窗凄凉地敞开着，偶然有些枯黄的藤蔓沿着窗户爬了出来，稍稍显出一丝生机。

"有人吗？"贝克牧师拍了拍残破的铁门问。

院内静悄悄的，没有任何动静。

他们推开门走了进去，忽然听见身后有动静，回头一看，一个大约六十多岁的老人慢慢走了过来。

"你们找谁啊？"老头用苍老的声音问。

"请问您是？"

"叫我于斯曼先生吧，祖上是波利纳家的远亲、管家，现也是这里的管理员。"

"哦！幸会，于斯曼先生！"

"请问你们有什么事吗？"

"哦，我们是研究历史的，想了解一下波利纳家族在大革命中的遭遇。"贝克牧师说。

于斯曼先生看了看陆云起问道："亚洲人？"

"是的，我是中国人！"陆云起回答。

"好像亚洲人对波利纳家的事都特别感兴趣啊！"于斯曼先生说。

"难道很多亚洲人来这里吊唁？"贝克牧师问。

"哦，不多，只不过几天前有几个亚洲人来过，也说是对维克多的事感兴趣。"于斯曼先生回答。

"他们问了些什么？"贝克牧师问。

"他们没问什么，只是在这走了走。"

"那波利纳家是怎么衰亡的呢？"陆云起问。

"这也许要从路易十六时期的波利纳夫人说起，波利纳夫人在路易十六时代也是权倾一时，为了保持家族的荣耀，波利纳夫人将唯一的儿子关进宫成为国王和王后的侍从。"于斯曼先生说。

"你说是维克多？"陆云起问。

"是的，维克多才是这场家庭悲剧的中心人物。"于斯曼先生说。

"哦！"

"每个人都说维克多是位好青年，没有一般贵族子弟的奢华和骄横，少年时代即入宫待候国王和王后，多年的宫廷生活使他优雅、沉稳。人人都认为他将是一颗未来之星，但是一生却毁在了感情上面。其实有很多的权贵都想把女儿嫁给他，但他却深深爱上了一位男爵的女儿，就在他们新婚前夕，一个英国的军官引诱了他的未婚妻，双双私奔了，这样的打击几乎让他崩溃。"

于斯曼先生说完这一段，回过头来看了看陆云起，发觉陆云起的脸色很难看，便关心地问："陆先生，您怎么啦？是不是哪儿不舒服？"

"没关系的。"贝克牧师赶紧拍了拍陆云起的肩膀说，"他也许是路上辛苦了，我们一起去城堡的遗址看看，顺便散散心。"

他们一边参观一边聊着。

"这么好的宅子是怎么毁掉的？"贝克牧师抚摸着几根仅存的廊柱问。

"唉！说来话长。"于斯曼先生叹了一口气说，"自从新娘与那位英国军官私奔了以后，维克多几度精神崩溃，他不能在宫里继续待着，只好回家休息一段时间。不久大革命暴发了，波利纳夫人以通敌罪被处决，波利纳先生也不明不白去世了。这个宅子里只剩下了维克多，他整夜把自己关在屋子里，什么事也不过问。听说他后来精神出了点问题，不停地在墙上刻着心上人的名字，总是一个人自言自语，仿佛要诅咒谁。他把家里的仆人都赶走了，就这么神神秘秘地活着，终于有一天他一把火把这座宅子烧了。"

"那维克多呢？他死了吗？"陆云起问。

"他死了，他死的时候才二十多岁。"

"他的墓地呢？"贝克牧师问。

"在家族的墓场里，那里早已经荒芜了，但每年我还是去清理一下。"于斯曼先生说。

"我们能够去看下吗？其实我的祖上也与维克多有过交往！"陆云起说。

"好的，就在不远处。"于斯曼先生指了指方向说。

树林里起了风，枝叶剧烈地摇摆着，仿佛有无数双眼睛在茂密的树林中窥视他们。

这儿虽是废墟一片，但依稀之间还能看出往日的华贵和气派，只是它不得不服从于丛林法则，藤根野草、灌木与往昔的华贵气派纠缠在一起，更显出了荒凉。

穿过一小片树林，便看见一片杂草丛生的空地，零散地分布着一些墓碑。

"就是这儿了！"于斯曼先生说。

那是一尊低矮破旧的石碑，陆云起蹲下来轻轻抚摸着，石碑上的字迹早已模糊不清，只有几个数字还能分辨出来：

1764—1790

"1790 年。"陆云起满怀狐疑地念道。

"就是那年，所有的贵族都被专政了，很多人被没收了房屋和财产。秋天里维克多彻底疯了，他放火烧了房子，说决不能让别人占有他们家的房子。后来人们在废墟里找到了烧焦的尸体，将他埋葬在这里。"于斯曼先生说。

陆云起站了起来没有说话，树林里的风越来越大了，他的心情变得更为复杂，沉默了许久才和于斯曼先生道别，然后匆匆离去。

天快黑了。月亮悄悄地升起，陆云起一言不发地骑着马，贝克牧师也没有说话，虽然秋日的凉风吹得令人神清气爽。

忽然，他停了下来，回头望了望早已远离的那片树林，调过马头说："不，维克多他没有死，1792 年他在圣菲尔堡，是他，我不会忘记的……"

"你肯定？"贝克牧师问。

"我要去看个明白，他肯定不在这儿。"说着他转身纵马而去。

走到树林里的时候，天已完全黑了，月亮在云层里游荡。树林时而一片漆黑，时而又在一片银光的笼罩下，光影的变化令树枝着了魔一样缠缠绕绕，像是无数条蛇，互相紧紧偎依地爬行过来。

"你能肯定墓中埋葬的不是维克多吗？"贝克牧师问。

"当然，他不会在这儿，他一直在我们身边！"陆云起说。

他们走着走着迷失了方向，而风也越来越大，吹过树梢，发出鬼怪般的呼叫声。

"我们到哪儿了？"陆云起问。

"我也弄不清楚。"贝克牧师回答。

陆云起转身看了看四周，不小心碰到了一个硬的物体，回头一看，他们已在墓碑的旁边。

"原来他一直就在我身边，为什么就没有发现！"

陆云起蹲了下来抚摸这墓碑，就像是在抚摸着一位老朋友。忽然他发现墓碑有些松动，不像是存在了一百年的墓碑，赶紧用手探了探地上的泥土，感觉非常松软。

"看来我的怀疑是正确的，你过来看看。"陆云起说。

贝克牧师走了过去，伸出了手试了试，不由大吃一惊。

陆云起蹲下去开始挖土，由于土质很松，挖起来并不费力。而呆若木鸡的贝克牧师则静静站在一旁，他在想如果事实证明维克多确实不是在这里，那么维克多真的会像陆云起说的在圣菲尔堡，这可能吗？

棺木露出了一角，这时身后传来了一个苍老的声音："你们为什么要一而再再而三地打扰一位因痛苦而死去的灵魂，事情已经过去一百年了，还不能让他安息吗？"

声音虽然不大，却如同天边的惊雷让陆云起停了下来。

不知道什么时候于斯曼先生已站在他们的后面。

"他死了，他真的死了，请你们相信我！"于斯曼先生继续说。

"不，他没死，他一直在跟随着我，这里是空的。"陆云起站起来说。

"你到底是谁？为什么就不相信我？"于斯曼先生问。

"我……我是谁？"陆云起又无语了。

"早几天也是一群东方人来到这里，我带着他们参观了一遍废墟，也一定要看维克多的墓地，但他们趁我熟睡的时候将我软禁在房间里，整整一天一夜。我不知道他们在做些什么，他们将波利纳城堡的大厅还粉刷了一遍，搬来了些家具，也问我维克多究竟是什么时候去世的，还挖开了维克多的墓地，似乎要证实什么。事情都过去一百年了，究竟还有什么解不开的结？请你相信我，维克多真的在里面，不要再践踏他的尊严了，让他安息吧。"

于斯曼先生说完，已是老泪纵横。

陆云起听后，沉思了一会儿说："我明白了，维克多真的死了，想让他复活的是渡边。"

他蹲下又缓缓地将泥土掩上，然后起身向维克多的墓地鞠了一躬，便和贝克牧师骑上马离开了，只留下夜风卷着落叶，在废墟上狂吼。

3

后窗

外面的天色渐黑，远处的艾菲尔铁塔像个巨大的钢铁怪物直冲云霄，这个怪异的欧洲让小松心里感到恐惧，他希望马上离开这里，回到熟悉而又能够从容面对的中国。思乡的情绪在慢慢蔓延，一阵急促的敲门声将他的思绪拉了回来。

他神经质般地站了起来，这几个月来他已变得太敏感了。

"谁啊？"他问道。

"是我，玛格丽特。"敲门的人答道。

"哦！"他长长吁了口气，走过去开门。

玛格丽特堆满了笑脸，在门口问："陆先生和贝克牧师还没有回来吗？"

"是啊！他们可能要晚点回。"

"哦，这有一封加急电报给贝克牧师的，是从伦敦过来的。"

"是吗？快给我看看。"

"这是给贝克牧师的，你不能拆开。"

小松接过电报，隐约觉得又要出事了，从伦敦过来的加急电报肯定事关琼斯家或陆云起。但电报是给贝克牧师的，他不方便拆开，这种状况几乎让他坐立不安。他俩还没回来，偌大一个巴黎也不知道该怎么去寻找，只好坐在沙发上干等着。

玛格丽特走后，他忽然觉得特别的冷。有淡淡的雾气从窗外飘了过来，他赶紧站了起来去关窗户，却见窗外有一辆马车孤零零地驶来，在靠近窗户的地方停下。

马车窗帘撩开了，陆云起坐在里面向他挥了挥手，然后又放下窗帘，马车继续前行。

"老爷……"他叫道，但马车没有停下来，继续向前行，很快就消失在了浓雾里。这时他急了，开门向楼下走去，却发现楼道里空无一人，只有楼梯转角处的盔甲那空洞的双眼茫然地看着这一切，这是什么地方，这不是圣菲尔堡吗？他惊慌地大声呼喊起来："老爷，你在哪？你在……"

"小松，你怎么啦？"陆云起站在他的面前，拍拍他的脑袋。原来他刚才睡着了，在说梦话。

"你怎么啦？我刚回来，在门口就听见你大喊大叫的。"陆云起继续问。

"没什么，刚做了个恶梦！"

"早点上床睡觉吧，已经很晚了。"

"贝克先生呢？"

"他回房睡觉了，找他有事吗？"

"有一封他的加急电报，从伦敦来的。"小松说着从口袋里将电报拿了出来。

陆云起预感到有事情发生，便赶紧去找贝克牧师。

贝克牧师已简单洗漱，准备上床睡觉，这几天来他都没有好好休息过，但陆云起的到来，让他的美梦落空了。

原来是海伦发过来的，她简单地将今天下午在伦敦发生的事情告诉了他们，并请求贝克牧师和陆云起能够帮助她去寻找罗伯特。

"可是我们怎么才能找到渡边一行的踪迹？"贝克牧师叹了口气。

"不，我们一定得想办法，现在就出发，去伦敦！"陆云起急匆匆地说。

"现在去伦敦还有什么用，你以为渡边他们还会呆在伦敦吗？"

"但我们一定要尽快找到渡边，以我对渡边的了解，他不可能只是满足于在我身上找到有价值的情报。自从我踏上欧洲大陆，渡边一行无时不在监视我的行踪，他了解了我的今生前世所有的事，他现在绑架了罗伯特和阿达一行是有目的的，他的目的是要控制琼斯家族和我，还有一切他希望能控制的人。"

"那你现在想怎么办？"

"无论如何，我们都不能再呆在巴黎了，我们要去找渡边。"

"但现在是凌晨一点，你想去哪儿都没有办法。"

"我下去想想办法。"陆云起说着便转身离去。

看着陆云起转身而去的背影，贝克牧师无奈地摸出一根雪茄坐下思考。说实话他也不知道该怎么办，不曾料到会冒出一个渡边让事情变得更复杂。尽管三天三夜没有睡什么觉了，可睡意全无。十年前，他受罗伯特的父亲之托，去寻找圣菲尔堡背后的秘密，十年间他从英格兰到法兰西，再到圣雷米斯，最后到了印度，他以为自己已洞察了一切，没想到被渡边抢了先机。

他猛地抽了几口雪茄，又灭了雪茄，站起来走到了窗口。窗外已是深秋的景象，路灯下的梧桐落叶随着夜风四处飞舞，梧桐树下的凳子上坐着一个人。夜这么深了，是谁在路灯下发呆？

原来是陆云起。

"真是难为他了！"他自言自语说着，又拿出一根雪茄，回到房间的沙发上思考着下一步该怎么办。他觉得应该把陆云起叫回房间，这么冷的夜晚不应该这样不知道珍惜自己，便穿上外套，准备下楼去劝劝他，刚到窗口却发现楼下凳子上的人不见了。

"他人呢？莫不回房间了？"

他敲了敲陆云起的房间。小松刚睡着就被敲门声惊醒，以为是陆云起回来了，忙披上衣服去开门，却见贝克牧师站在门外。

"你主人呢？"

"他不在您的房间吗？"

"不好，我得去找他。"

贝克牧师说着便下了楼，旅馆的前台静悄悄的，值班的小姐正在打瞌睡，听见了脚步声才无力抬起了头。

"有没有看见那位中国人？"贝克牧师问。

"不久前看见他出去，他说出去走走。"

"哦，他没回来吗？"

"没有，他出去一直没回来。"

走到旅馆的大门外，昏暗的路灯下，除了零散的马车驶过，四处都是静悄悄的，陆云起坐过的凳子孤零零地摆在梧桐树下。

"这么晚他究竟去哪儿了？"贝克牧师自言自语。

小松也接着下楼来了，看见贝克牧师一人站在那儿，忙问："老爷呢？老爷呢？"

贝克牧师无语地摇了摇头。

"这么晚他会去哪里？莫不是又犯病了吧！我真的不想在这鬼

地方待下去了！"小松几乎是歇斯底里地大喊大叫起来。那声音在安静的夜里听来分外刺耳。

贝克牧师赶紧捂住他的嘴说："别这么大叫，会骚扰到别的客人，我们回房再商量商量。"

激动的情绪让小松有些难以自持，几个月来的压力和恐惧在这瞬间爆发了，回到房间他忍不住哭了起来。

"哭吧，孩子，我知道你心里难受。"贝克牧师走过来抱了抱小松，仿佛小松是他的孩子。毕竟小松只有十八岁，在欧洲人眼里，也就十五六岁的样子，眼前所发生的一切超出了他的心理承受能力。

"那份电报到底说了什么？"

"罗伯特被渡边绑架了。"

"那我们该怎么办？"

"不要着急，我们坐在这儿等陆先生回来，相信他会有办法的。"贝克牧师安慰他。

窗外的风很大，让人的心阵阵发抖。不知道等了多久，小松感觉累极了，便迷迷糊糊睡着了。在睡梦中他又回到了圣菲尔堡。深夜的圣菲尔堡空寂无声，只有他在黑暗中摸索，他听见有人在黑暗中唱歌，于是他便循声寻找，一直从楼上到了楼下，再从楼下到了庭院，浓浓的雾色让他看不见人究竟在哪里。

"老爷，老爷，你在哪？"他大声呼喊。

歌声停止了，那女人在轻轻说："他回去了，你也回去吧。"

声音飘飘忽忽，人却不知在何处，让他不寒而栗。他赶紧跑回了房间，刚喘了几口气，就听见了楼下的马车声响，在窗口看见了陆云起从马车上下来了。

"他回来了，回来了！"他激动地说。

"谁回来了？"贝克牧师以为他又在说梦话，便摇醒了他。

"老爷回来了。"他一骨碌坐了起来。

"在哪儿？"贝克牧师充满了迷惑地问。

他望了望窗外，窗外蒙蒙亮了，他回过头来，盯着门口说："你听！"

走廊里传来了轻轻的脚步声，由远而近，慢慢变得急促，突然他们的门被敲响了。小松一个箭步冲了过去，打开门，果然是陆云起。

"我们得马上去火车站，还有半小时就开车了，我已买好了去敦刻尔克的火车票。"陆云起拿出火车票说。

原来他是去火车站买票了。

4
仇恨

罗伯特被捆住了，蒙住了眼睛，塞住了嘴，在马车里飞驰了一夜，再被人搬来搬去，最后好像上了一艘船，因为他听见了海浪声。等启航后,蒙住眼睛的黑布才被去除。清晨的阳光照进了船舱，让眼睛有些微微刺痛，手脚还被捆着，无法多动弹。待眼睛适应了光线，他发现在船舱里捆绑着的人不止他一个，还有七八个，从外表上看像是印度人。

这究竟是在干什么，渡边到底要将他们运往何处?

突然舱门被打开了，渡边出现在门口，他径直走到罗伯特身边，将罗伯特嘴里的布拿了出来。

罗伯特咳了几声问："渡边，你到底想干什么？"

"我只是想帮助你！"渡边带着一贯的微笑说。

"不，我不明白。"罗伯特愤怒地说。

"你看见了那些印度人吗？你知道那位名叫阿达的先生吗？"

渡边指着不远处坐着的一位面容朴实、安详的老者继续说，"你知道他多大，五十、六十、七十？不！都错了，他一百二十多岁了。你知道他为什么活这么长吗？他活下去的目的就是让你们琼斯家族生生世世不得安宁，那都是你那爷爷的爷爷安吉尔·琼斯欠下的孽债，不过你那爷爷的爷爷真是不依不饶，去了中国一百年，死了一百年又回来了。"

"你说的是威廉？"

"我现在要帮助你和威廉，但我不知道为什么威廉老将我当作敌人，没有我在，你们早被这群人玩死了。"

"我应该相信威廉的，是你另有企图。"

"就算是吧，我现在关心的不是你们，我关心的是他们。"渡边走了过去将阿达嘴里的布团取了出来。

"对不起了，大师！"

阿达木然地看着他，面无表情。

"你为什么总是这个样子，是在嘲笑我吗？"

阿达摇了摇头说："没有，我在回忆往事，而回忆总是让我难受。"

"是想起了丽达公主，还是安吉尔？"

阿达依然是摇头。

渡边继续说："我知道你难以忘却往事，仇恨让你支撑到了今天。今天的一切都掌握在你的手里，但是安吉尔又回来了，你知道安吉尔回来是干什么吗？他是要来拯救琼斯家族的，你阻挡不了他的，现在能给予你们帮助的只有我。"

"可是你为什么要这么做？"

"我也需要你来帮我对付威廉，不！是安吉尔·琼斯。"

"恐怕不那么简单，恕我不能帮助你。"

渡边微微笑了一下，掏出手枪对着阿达说："恐怕由不得你了，你现在必须用巫术将威廉吸引来，他的血液中有你们下的蛊毒，在两百英里内都会听从你们的召唤。"

"你把我的手脚都捆了，我能怎么办？"

渡边将手枪放了下来，取出匕首将阿达手脚上的绳索解开了。

5
起航

在敦刻尔克港口，秋日温柔的阳光照在陆云起一行的身上。往返于英吉利海峡的轮渡在忙碌穿梭着，从英格兰来的旅客都是准备取道去法国南部度假的，所以每人脸上都洋溢着轻松和愉悦的表情；从法国去往英格兰的旅客大多是去伦敦办事的商务人士，他们表情严肃而凝重。陆云起一行却看不出是去干什么的，他们一直在港口徘徊。

"老爷，轮渡都走了两趟了，你还在想什么？"小松有些奇怪地问。

"不要着急，让我再想想，我们该去哪儿。"

就这样，他们一直在等待着陆云起思考完后做决定，不断有新的轮渡来了又走，很快一个下午就要过去了。

"他到底在想什么？早上走得那么急，现在又磨磨蹭蹭，五点就是末班轮渡了。"小松叹了口气对贝克牧师说。

"让他考虑清楚吧，他有他的想法。"

远处有条渔船在驶入港口，陆云起忽然想通了什么，转身向渔船停靠的位置走去。

"船东，我想出海，能帮下忙吗？"他对着站在船头的船东嚷道。

"不行，水手都回家休息了。"

"没关系，我自己就是水手，我只要用你的船就可以了。"陆云飞从怀里掏出一打法郎塞到船东手里说，"算我租的怎么样？我自己开。"

船东迷惑地看了看他，然后笑了，说："成交，但不能走远了。"

陆云起点了下头，一跃跳上了船舷，转身对小松和贝克牧师说："上船吧！"

小松和贝克牧师互相望了一眼，满怀狐疑地登上了小船。这是一艘小汽轮，长不过十来米，坐上四五个人就差不多，船身的油漆斑驳，但发动起来却马力十足。

"让我来开吧！"陆云起走到驾驶舱对船东说。

"你？"船东满怀狐疑地望着他。

"别担心，刚才不说了，我来当水手吗？"

陆云起说着接过方向盘就熟练地驾驶了起来。渔船缓缓驶出港湾。太阳正在沉沉坠入大西洋，落霞的余晖映红了整个海面。

"港口的黄昏真漂亮，它让我想起了莫奈的《日出》，只不过那是日出，现在是日落，但无论日落还是日出都是海上最美的时候，我最喜欢航行在加勒比海的黄昏，那样的红，像是被注入了鲜血。"陆云起对小松和贝克牧师说。

"老爷，您什么时候去过加勒比海，从未听说过啊！"

"你别忘了我曾经是海军，哪个海我没去过！"

"他怎么还是认为自己是安吉尔，可见你的治疗作用不大。"小松无奈地对着贝克牧师说。

渔船加快了速度奔向了大海，无数只海鸥从头顶掠过。

"真是落霞与群鸥齐飞，海水与余晖一色啊！"陆云起用中文朗诵。

"他说的什么？"贝克牧师问。

小松忙解释道："他在说中文，是一首著名的诗，不过他改了点，意思是黄昏的云朵和海鸥在一起飞翔，大海与天空融为了一体。"

"很诗意啊！他并没忘记中国人的身份！"贝克牧师说。

"那他到底认为自己是谁？"小松问。

贝克牧师摇了摇头说："我也不知道。"

渔船继续向大海深处飞奔而去，海岸线看不见了，太阳也沉入了海底，只在西边的天际留下一抹淡红。

"这位先生，我都忘记问你们到底要去哪儿？"船东突然充满疑惑地问。

"去哪儿？让我想想……"刚才还一脸兴奋的陆云起突然又变得茫然了。

"是啊，老爷，我们去哪儿？"小松也问。

陆云起摇了摇头，离开驾驶，蹲在一旁发呆，船东走了过去将发动机关掉，警惕地望着他们。

天色已暗，海上渐渐起了风，<u>丝丝的凉意直钻骨髓</u>。

"我们返回吧？"船东问。

"不能，我们还有事，不是出海兜风的。"陆云起站起来说。

"你们究竟有什么事？"船东问。

"我们当然是有事。"陆云起说。

"不行，我们一定得现在返回！"

船东的口气变得强硬了，似乎没有商量的余地。陆云起看到这架势，只好又从怀里掏出几张钞票给他。

"不，我不能收，我不知道你们究竟是干什么，原来以为你们只是游客，可神神秘秘的不知道在干些什么，我可不想惹是生非，只希望能马上返航。"船东推开他的手说。

"可我们现在没有退路了。"陆云起说。

船东愤怒地看着他，转身从背后的箱子里拿出一把猎枪对着他们说："这是我的船，我说要返回就返回。"

"不要这样！"贝克牧师大声说。

"那么你们马上给我离开驾驶舱。"船东继续喊。

说是迟那是快，话音未落，陆云起飞起一脚，猎枪从船东手里飞了出来，在空中划了一条美丽的弧线，掉到了陆云起手里，陆云起转手递给了贝克牧师。

"你们究竟是什么人？"船东大惊，用颤抖的声音问。

"我们没想干什么，只是为了我们的安全，还有你的安全，委屈你一下了。"

陆云起走过去，一个反扣将其翻倒在地，再用绳索捆了起来。

"真的对不起，我保证不会伤害你。"

船东无力地垂着头躺倒在地上，贝克牧师和小松则有些意外地看着一切，陆云起笑了笑对他们说："还在发什么呆，站好，我们要全速前进了。

渔船在海面划了一条弧线后，加速向前，但究竟要去何方，小松不知道，贝克牧师也不知道。

不知道航行了多久，小松有些累了。他和贝克牧师依偎地坐在甲板上睡着了，但很快又醒了。深秋的英吉利海峡颇冷，一股股白色的寒气从海面升起，侵入人的心肺，冷到蚀骨。他抬起头看了看天空，一轮满月悬挂在天空，格外明亮。

陆云起依然全神贯注地驾驶着船只，月光照在他身上如同一尊大理石雕塑。

小松碰了碰正在打瞌睡的贝克牧师，悄悄地说："有没有觉得我们家主人今天有点特别？"

"有什么特别之处？"贝克牧师问。

"昨晚从火车站回来后就感觉有些奇怪。"

"为什么有这样的感觉？"

"你看他那表情，就像是被某种东西吸引了，全神贯注，觉得就像是那天夜里去伦敦郊外的感觉。"

"这不能怪他，他在梦幻和现实中走得太辛苦了。"

"我得和他谈谈，别让他太走火入魔！"

小松说着站了起来，朝陆云起走去。

"老爷！"他喊道。

听见喊声，陆云起转过了身向他摆了个示意安静的手势。"你听……"

小松竖起耳朵听，除了波涛声与风声，隐隐约约地听见轮船的轰鸣。

"我听见了轮船的声音。"

"他们就在我们前方偏右三海里处，时速十七海里，我们现在需要一艘小帆船。"

"你说他们是……"

陆云起笑了笑，没有回答，而是转身向船东走去，将捆在他身上的绳索解开。

"我这有艘小帆船，就放在船尾处。"还没等陆云起开口，船东便赶紧先说了。

"谢谢你今天给我们的帮助。"陆云起说。

"没关系的，你们给我的钱够我买两艘小帆船了。"船东摇着头说。

"我们走后你就开船回去吧，如果事情顺利的话，明天我们会把帆船也还给你的。"

陆云起说着就站起来走向船尾，并向小松和贝克牧师说："我们走吧！"

6

浮现

小帆船刚够乘坐三个人，张开风帆，三人齐心协力地划船，不一会儿轮船轰鸣声渐渐清晰了，夜晚天际线上出现了一艘船的剪影，这艘船正在缓慢地向西北方向驶去。在宁静的月色下，一切都显得恬静而安详，却不知在天际线外有一股浓雾在慢慢地向船身袭来。

"老爷，怎么船转眼就不见了？"小松惊讶地问。

"它不会走远的，我们赶紧。"陆云起说。

浓雾继续扩散，很快小帆船的周围也被雾气所弥漫，十米之外的景物几乎看不见，可陆云起丝毫也不在乎。

"怎么办？我几乎什么都看不见了。"小松对着贝克牧师说。

"不要着急，你只管划就是，相信陆先生。"贝克牧师说。

"嘘，别大声，看前面。"陆云起转过身对他们说。

一个巨大的阴影在雾色中浮现。他们已靠近船身，小小的帆船在这巨大的阴影前显得不堪一击。

"到了！"陆云起说着便收起风帆，从随身携带的行李中取出了几个工具，其中有鹰爪、软梯。把一切收拾好，他拿出鹰爪在手中抡转了几下便直飞船舷，听见了一声闷响后，用力扯了扯，鹰爪已牢固地钉在了船舷上。

"等下我上去，将软梯放下，你们就随着软梯上来。"他说完便独自爬上去了。

"我简直不敢相信是他，我认识的他不是这样的。"小松说。

"我跟你说了，他现在不仅仅是陆。"贝克牧师说。

7

救赎

　　渡边一直处在半睡半醒之中，突然被小小的动静惊醒了，抬头看到窗外已是雾气弥漫，便赶紧穿好衣服来到甲板上观察，发现五步之外看不清物体。

　　在这样的浓雾之夜，船应该停靠休息的，至少是减缓速度行驶，可现在依然在高速行驶，这究竟是怎么回事？

　　他看见驾驶舱的灯依然亮着，走了过去，看见英籍驾驶员依然在认真驾驶，他拉开舱门大声说："这么大的雾，请注意安全。"

　　英籍驾驶员没有回头，就做了个 OK 的手势，将速度减缓一些。

　　渡边环顾四周，还是放心不下，决定去货舱看看。在货舱门口，他听见了剧烈的咳嗽声。那是罗伯特在咳嗽，深秋的寒冷让他本来虚弱的身体不堪承受。

　　打开货舱昏暗的灯，他看见所有的印度人都在盘坐休息，而罗伯特在角落里蜷缩着身子，似乎很难过。他动了些恻隐之心，毕竟是多年同窗，于是脱下了呢子大衣给他披上，但罗伯特并不领情，恼怒地将大衣掀开，转身蜷缩到另一个角落。

　　阿达看着眼前这一切，微微地睁开眼睛，略带笑容。

　　"大师，你笑了，你的笑容意味深长啊，能告诉我发生什么了吗？"

　　"他来了！"阿达说。

　　"谁？谁来了？"

　　"琼斯先生。"阿达回答。

　　渡边迷惑地看了看罗伯特，然后忽有所悟地问："难道你说的是安吉尔·琼斯先生？"

　　阿达依然微笑着，却没有回答。

"他真的来了？是你召唤他过来的？你不是说太远，两百英里外召唤不了吗？"

阿达摇了摇头。

渡边似乎意识到了什么，转身冲向楼梯直奔驾驶舱。他推开驾驶舱的门，发现刚刚人还在，现在却空无一人了。船正在高速向前行驶，而设备却被一把大的锁链锁起来了。

"人呢？人都到哪去了？"他在甲板上大声喊道，话音未落，一批黑衣武士飘然而至。

"快给我找，有入侵者！"他喊道。

黑衣武士迅速离开甲板，深入到船的各个角落。渡边找了一把斧头，走到驾驶舱，正准备将锁砸开时，被一张大手抓住，他回头一看。

"果然是你！"

来人正是陆云起。

货舱内，罗伯特正在无力地喘着气，忽然听见有人在呼唤他："琼斯先生！"他转过头，发现贝克牧师就站在了他的身边。

"你来了？"虽有些惊讶，但并不意外，近来发生的事情太多，他已无力想象。

"不好意思，我们来晚了！"贝克牧师蹲下身子，解开绳索。这时小松气喘吁吁地跑了过来说："牧师先生、琼斯先生，不好了，有几位黑衣武士正往这边走来，我们怎么办？"

"我们快找个地方躲起来！"贝克牧师一把拉起罗伯特准备往外走，回头看见了阿达等一班人仍被捆绑在那儿，便回了过去将阿达身上的绳索也解了下来。

"你们也赶紧走吧，希望彼此间的恩怨能早日化解。"说完，便赶紧携罗伯特及小松撤退了。

渡边和陆云起仍在驾驶舱内争斗，最后还是陆云起胜人一筹，抢过了斧头。他冲出舱门，渡边跟着追出来，却只看见甲板上浓浓的雾色而不见人影。

他只好往货舱方向去寻找，走下楼梯却发现货舱的门大开着，里面空无一人，顿时感到一阵寒气袭来，转身又跑上甲板大喊："人呢？全跑哪去了！"

几个黑衣武士挟持着几位印度人飘然而至。

"报告长官，琼斯先生跑了，我们在船尾抓到几个正准备爬上一艘小帆船溜走的印度人，还有驾驶员被捆绑塞在了厨房的柜子里，入侵者暂时没找到。"

"好你个威廉，你给我出来！"渡边对着浓雾中的夜色喊，但是除了风声和水声，连个回声都没有。回过神，他将注意力集中在阿达身上。

"大师，你应该可以帮我们的忙。"

"我不明白我能帮什么忙。"

"别装糊涂了，你能将他召唤来，琼斯家的人生生世世受你们的召唤。威廉不是别人，是与你们结仇的始作俑者安吉尔，他是你的奴仆，也是仇人，我们应该站在一起。"

"我不能与你们站在一起，你与我们的恩怨无关。"

"如果你这么说，那只有对不起了！"渡边说着掏出手枪，指着阿达的脑门。

阿达无奈，只好盘坐念咒。

一分钟后，陆云起从雾色中缓缓走出来了，一直走到了渡边的身旁，缓缓朝着阿达跪了下来。渡边脸上露出了得意的笑容，但就在这时，贝克牧师也从雾色中走出，手里还端着一把猎枪，指着渡边。

"放开他们！"贝克牧师说。

阿达停止了咒语，陆云起即刻像是如梦初醒，转身将渡边的手枪踢飞，但是渡边的人似乎手脚更快，一个黑衣武士突然从黑夜中飘出，从贝克牧师手中将猎枪抢走。等牧师反应过来，黑衣武士早已一个跟斗翻过落到渡边身边，并将猎枪奉上。

渡边抢过猎枪，瞄准贝克牧师扣动了扳机。

"不！"陆云起冲过去一把抓住了枪管。

"嘭！"枪响了，子弹射向甲板，溅起了火花。

他们为争抢着猎枪扭成一团，从甲板中一直打斗到船舷边。

"嘭！"枪声又一次响起。这次争抢结束了，猎枪掉到了海里，陆云起的胸口有血在涌，他捂着胸后退了几步跌倒在甲板上，他被击中了。

"老爷！"

"威廉！"

小松和罗伯特从躲藏的地方冲了出来，从地上扶起陆云起。

"我没事，没事……"陆云起喘着气说。

"将他们全部给我抓起来，去拿把斧头将驾驶舱的锁链砸开，将船停下。"渡边拍了拍衣服说。

一群黑衣武士拿着绳索蜂拥而上，准备将他们一一绑起，另有一武士找了把斧头去了驾驶舱，很快传来了金属敲击的声音。那声音似乎刺激了陆云起，突然他大吼一声推开旁人，冲进驾驶舱飞起一脚，连人带斧头给踢了出来。

所有的人都惊呆了，渡边瞪着血红的双眼从地上捡起斧头冲进了驾驶舱。忽然，船身剧烈地摇晃起来，大家听见了船底与岩石碰撞的声音，紧接着一身是血的渡边从驾驶舱里走出来了，站立不稳地倒在了甲板上。

船继续摇晃着，越来越厉害，似乎就要散架了。船身发出很响的断裂声，剧烈地摇晃了几下才停下来。

陆云起从驾驶舱爬了出来，背上有一道被斧头砍的伤口，血流如注，走了几步就无力地倒在了地上。

四周终于安静了，只有潮水上上下下的声音。剧烈的冲撞，几乎让所有的人瘫软在甲板上，无力起身。浓雾依旧在飘荡，落在皮肤上凝结成水，顺着脸颊往下流。

8
回家

夜色渐渐散去，人们发现船已冲上了悬崖旁的乱石滩。悬崖上有一座灯塔在雾色中若隐若现，闪着微弱的灯光。那灯光似乎在移动，缓缓在朝着船的方向走来。

难道有人发现了他们？这究竟是什么地方？雾色中传来了夜莺的鸣叫，悠扬婉转，像是一首哀伤的歌。怎么看起来像圣菲尔堡的海边？

"她来了！"陆云起躺在那儿无力地说。

随着灯光的移动，从浓雾中走来了一位女子，身着一件淡紫色的带有古典风格的长裙，栗色的长发像大波浪一样垂到惨白的肩上。

她迈着轻盈的脚步，几乎轻盈到无声。

她走到了甲板上，此时几乎所有了解圣菲尔堡的人都认出她来了，她就是圣菲尔堡塔楼上画中的女人——卡翠娜。

"不可能，不可能，她是不存在的，她早就死了，只存在传说中！"渡边惊呼。在渡边的心中，卡翠娜只是一个可以让他玩弄玄虚的人。

"她一直就存在，是她在掌控着一切。渡边，你输了！"贝克牧师得意地笑着说。

她走到了陆云起的身边，放下手中的灯，轻轻地呼唤："安吉尔！"

陆云起浑身是血，试图坐起来，说："我回来了！"

"我知道你会回来的，我说过在这里等你，就一直在这里等你，你说你会回来的，你会回来拯救你苦难的爱人和子孙的。"卡翠娜握住他的手说。

"不,我要赎罪，为了你们我要赎罪！"陆云起挣扎着要坐起来，卡翠娜赶紧扶他站起来。人们都看见了陆云起背对着他们在剧烈咳嗽着，一股鲜血从口中喷涌而出，几乎将卡翠娜的裙子染红了。

"阿达，你过来！"咳嗽完了，他说。

他缓缓地转过身。人们惊呆了，透过蒙蒙雾气，看见站在眼前的根本不是陆云起，而是一位地地道道的棕发碧眼的欧洲人。安吉尔真的回来了。

"阿达，你过来！"安吉尔再一次呼喊呆若木鸡的阿达。

阿达无言地走了过去。安吉尔将一直捂着胸口的手挪开，枪伤仍在不停地流着血。

"血流光了，我把全部……全部都还给你们，还给丽达，真的很对不起。但所有的罪让我一个人承担吧。求你……求你宽恕所有的人！"

阿达全身颤抖着，却依然无语。

"答应我，阿达！"安吉尔说。

"为什么会这样，是我错了吗？如果真的天意如此，我只能宽恕你们吗？不，不能，只有地狱的烈火将你焚烧千百遍，尖刀粉碎你的心脏，才能洗清你的犯下的罪，对不起！我……"

阿达说着从腰间抽出一把短刀直刺安吉尔的心窝，喷涌而出的血溅到了十数米之外，所有人都发出了惊恐的叫喊。安吉尔本来模糊的面色惨白如纸，消融在了薄雾之中。

安吉尔无力地倒在卡翠娜怀里。

"这就是我百年的仇恨吗？我该何去何从？"阿达自问。

"你们从哪里来，就从哪里回去。你们东方有句古话，冤冤相报何时了。是时候了，你们要争取的是自我解放和自由，回到你们祖辈生活的地方去吧！你们终将重新做回自己的主人。"贝克牧师走了过来说。

"故乡！"阿达苍老的眼神中散发出了光芒。

"他们才是希望！"阿达回头看着跟随他的年轻人。

"走吧！"阿达挥了挥手下船了，一行人消失在了茫茫雾色中。

天色渐亮了，薄雾飘来散去，将人映衬得如同幻影，卡翠娜轻轻地将安吉尔放下，转身向岸上走去。忽然狂风大作，浓云密布，一道闪电击中船旁的海滩，惊天动地的巨响几乎将船上所有的人都震晕了。倾盆大雨随即而至，将所有的痕迹都冲刷得干干净净。

小松被海鸟的叫声唤醒，一睁开眼就看见了纯净蔚蓝的天空，海浪发出极其温柔的追逐声。

"老爷呢？"

记忆迅速地恢复，他条件反射般地坐了起来。他看见甲板上横七竖八地躺着三个人。近处是贝克牧师和罗伯特，看不清远处躺着的是谁。渡边一伙不知道什么时候溜走了。

他赶紧拍了拍贝克牧师和罗伯特，他们俩马上就醒了！

"那边是我的主人吗？"小松指着那边俯卧着、衣裳破碎、血肉模糊的人紧张地问。

贝克牧师起身走过去，拍了拍这人，等了好半天这人才缓缓动了动，转过头说道："别吵我，我全身都疼！"

贝克牧师笑着说："不错，是威廉，他没事的！"

9
结局

　　陆云起受了枪伤和刀伤，但都没在要害位置上，他在圣菲尔堡休养了半个月就基本上恢复了。

　　人们拆开了海边的灯塔，发现了一具女人的尸骨，罗伯特亲自将她葬到了琼斯家的墓地里，并立了一个碑。

卡翠娜·琼斯

1770—1892

　　很多朋友问罗伯特，卡翠娜故去的日子是不是写错了一个数字，应该是 1792 年，而不是 1892 年，罗伯特总是笑着摇摇头说，碑已立了，将错就错吧。

　　也许故事到此就该结束了，但是细心的读者会问，陆云起来到英国是处理外交事务，还是忙于一百年来纠缠不清的感情？当然陆云起是来处理军购问题的，本故事只不过是他在英国的一段小小插曲。但是大家不要忘了圣菲尔堡的主人，本身就是一个地位非凡的家族，而海伦的父亲与叔叔更是身居要职。

　　海伦顺利地成了琼斯伯爵夫人。那场盛大的婚礼后，他们并没有像先前打算的那样离开圣菲尔堡，而是选择了留下。为了感谢陆云起的帮助，也为了只有他们心中才明白无法割舍的关系，琼斯伯爵夫妇放弃了赴非洲的蜜月旅行，全心帮助陆云起完成他在英国的工作任务。

陆云起的工作非常成功，在英格兰度过了一个愉快而又充实的冬天后，在1893年春天回到了国内。但是，一个王朝远去的背影并不会因为一个人的努力而会有所改变。第二年，甲午战争拉开了中日百年恩怨的序幕，直到今天那些纷争依然存在，而始作俑者早已灰飞烟灭。

　　多年后，陆云起又来到了欧洲，工作之余再次拜访圣菲尔堡。他与罗伯特相见如故，却从未聊起这段往事，也没有去看卡翠娜的画像。只是在藏书室与安吉尔画像相遇时，他才停下了脚步，似乎在回忆什么。

附录

陆云起小传

陆云起，字春诚，生于清祺祥元年（公元 1862 年），籍贯广东香山。陆家为当地世族，家道殷实。父亲陆富忠为咸丰年间落第秀才，后常年在南洋行走经商，是一位眼界开阔、颇有见识的人。陆云起是家中次子，传说出生时屋后有祥云升起，故名云起。陆富忠最初期望两个儿子能一文一武，所以在陆云起五岁时，就被父亲送往武馆习武，但后来见他天资聪颖，便又亲自教他读书。

　　1872 年，清政府决定向美国派出小留学生，史称留美幼童。陆富忠开始让大儿子去试试，但大儿子死活也不愿去那所谓的"蛮荒之地"，只好将目光转向了小儿子。陆云起那年才十岁。8 月 11 日，农历七月初八，陆云起随其他一百多名少年在上海登船出发。

　　9 月 15 日，陆云起他们在旧金山登陆，然后坐火车横跨美洲大陆来到康涅狄格州的哈特福特。中国留学事务局就设立在那儿。

　　许多年后，陆云起回忆起在哈特福特的时光，才发现那是他人生中最快乐充实的日子。留学事务局将他安排在当地的汉斯先生家，汉斯夫妇非常喜欢他，称他为上帝赐予他们的"东方小王子"。汉斯夫妇的关爱使他很快融入了美国的生活。汉斯夫妇有个小女儿比陆云起小两岁，叫玛丽亚，两人青梅竹马，非常要好。陆云起在汉斯家居住了七年，直到 1879 年他进入耶鲁大学才离开，去了纽黑文。此时，他已成长为一位踌躇满志的青年。

耶鲁是所有学子的梦想之地，不仅有来自美国各地的优秀青年，也有来自世界各地的有志青年。陆云起与之相比毫不逊色，甚至更优秀，无论是学业、演讲或体育运动都是拔尖的。在这里他认识了与他有着不解之缘的罗伯特·琼斯，还有与他较量了几十年的渡边康雄。

原本清政府设立的长达十五年的留学计划，在进行到第十年因遭到国内强烈的反对而停止。1881 年，全部留美幼童被召回，陆云起不得不中断他在耶鲁的学业。

美国的朋友在哈特福特的避难山教堂，为即将回国的同学举行了告别晚会。汉斯夫妇和玛丽亚，还有从纽黑文远道赶来的罗伯特及许多同学，都流下了眼泪。

他们在旧金山搭乘了北京城号轮船，于当年秋天抵达了上海。

回到阔别近十年的家乡，当年的幼童已是二十岁左右的年轻人，到了谈婚论嫁的年纪。第二年，陆云起就结婚了，妻子是父亲好朋友的女儿，早在幼年时就定下了亲，成亲似乎是顺理成章的事。可是谁也不知道，他真正爱的人在大洋彼岸，玛丽亚最后泪眼婆娑的样子始终在他心中不能忘怀。可惜再次见面已是二十年后的事了，那时他是大清国驻纽约总领事，而玛丽亚已是三个孩子的母亲。

回国后的最初几年碌碌而无为。他首先在海军服役了一段时间，见证了中法马尾海战的惨败。战后他痛定思痛，对于中国海疆防御提出了系统看法，颇得李鸿章赏识，在李鸿章的大力提携下，他 25 岁就进入了总理各国事务衙门，成为职业外交官。

经过一番磨练和洗礼，陆云起和他的同学迎来了属于他们的时代。他们几乎亲历了从晚清到民国初年几乎所有的重大历史事件：1894 年中日海战，1898 年戊戌变法，1900 年八国联军入侵，1911 年辛亥革命。他们中有的成为中国铁路、电报、矿山的开山鼻祖；有的是李鸿章的幕僚；有的是袁世凯的顾问；有宋美龄的姨父，是他把宋氏姐妹带到美国留学；有日后成为中华民国第一任总理的唐绍仪，也有清华大学第一任校长的唐国安。

19 世纪 70 年代以来，日本加紧了对台湾的窥视，到了 1892 年，中日之间的矛盾一触即发，为了寻求列强对中国的支持，陆云起受命出使英国。1894 年，甲午海战爆发了，无论日本还是中国，都从来没有经历过这样的战争，这两个东方国家有史以来第一次使用西方先进的军事装备、西方的军事战术，和西方式教育培养的一代军官，进行了一次空前惨烈的战略决战。

中国战败，陆云起随李鸿章等政府要员赴日议和，站在伊藤博文身后的正是他的同学渡边康雄。两人彼此可以说旗鼓相当，当年他们就读欧美学校的老师认为中国学生甚至更优秀，但是为什么中国会失败？陆云起无数次这样问自己。

1895 年，陆云起赴圣彼得堡任驻俄公使馆馆员，次年调任巴黎，在中国驻法公使馆任参赞，这两地都不是他所熟知的英美环境，但俄法的思想和政治领域在当年更为激进与开阔，巴黎更是欧洲的文化和政治中心，在这里他得以有机会参加一些文化活动和艺术沙龙。受着巴黎的文化和艺术气息的熏陶，他对中西文化的深层次差异进行了分析。他常用法文在当地报纸上撰文，向法国人介绍中国文化和传统本质所在，深得法国人喜欢，数次被邀请做大学讲座。

庚子之后，陆云起以随员身份随醇亲王载沣依约赴德"谢罪"。

德国人有意侮辱载沣，以报德国大使克林德在义和团运动中被杀之怨。好在陆云起等交涉得当，得以免去德国人要求载沣向德国国王行跪拜礼的耻辱。1902年，陆云起赴美出任驻纽约总领事，在任期间与当时驻美公使梁诚积极推动美国政府退还庚子赔款。至此，他的外交声誉日隆。1905年，陆云起首次以独立外交官身份出使墨西哥、巴西、阿根廷三国。在这期间，陆云起作了几件于国于民皆大有益之事，如制止美、墨不人道的"华工契约"，交涉赎回粤汉铁路等。

1910年，陆云起在大清王朝处于风雨飘摇之际出任驻英公使。

尽管陆云起和他的同学在那个时代做出了应有的贡献，可大厦将倾，独木难支，随着武昌起义的一声枪响，这个最后的王朝彻底崩塌了。

1912年，他回到了北京，在新政府的外交部出任要职。但他很快发现，这仍是一个换汤不换药的政府。伴随着阴谋和政变，他在北洋政府里几度浮沉，当过外交部部长，也当过次长，数次欲以己之力挽狂澜，却只见总统们走马灯似的，你方唱罢我登场，外交全成了投机者与列强的交易。1920年，他终于挂冠而去，旅居伦敦十多年。"九·一八"事变后，在国民政府邀请下，他在日内瓦的国联理事会上与日本代表据理力争，争取国际社会的支持，同时也深切感到国家之危难。1932年，他受邀回到国内，就任南京国民政府对外政策顾问。

1943年，八十一岁的陆云起本想随蒋夫人宋美龄访美，争取美国政府对中国抗日事业的更大支持，无奈年事已高无法成行，蒋夫人临行前曾与其长谈，征求其意见。

1946年，陆云起在南京去世，享年八十四岁。在他传奇一生落幕前，终于看见了日本的战败。

图书在版编目（CIP）数据

迷雾之城 / 劲行著. -- 北京 : 新星出版社，2009. 11
（大清外交官）
ISBN 978-7-80225-823-5

Ⅰ. ①迷… Ⅱ. ①劲… Ⅲ. ①历史小说－中国－当代 Ⅳ.
①I247.5

中国版本图书馆CIP数据核字（2009）第204969号

迷雾之城

劲行　著

责任编辑： 许　彬

责任印制： 韦　舰

出版发行： 新星出版社

出 版 人： 谢　刚

社　　址： 北京市东城区金宝街67号隆基大厦　　100005

网　　址： www.newstarpress.com

电　　话： 010-65270477

传　　真： 010-65270449

法律顾问： 北京市大成律师事务所

读者服务： 010-65267400 service@newstarpress.com

邮购地址： 北京市东城区金宝街67号隆基大厦　　100005

印　　刷： 北京凯达印务有限公司

开　　本： 890×1230　1/32

印　　张： 7

字　　数： 120千字

版　　次： 2010年1月第一版　2010年1月第一次印刷

书　　号： ISBN 978-7-80225-823-5

定　　价： 25.00 元

版权专有，违版必究；如有质量问题，请与出版社联系更换。